U0589432

名家小写文集

卢江良 —— 著

问一块石头学习

北京联合出版公司
Beijing United Publishing Co.,Ltd.

图书在版编目（CIP）数据

向一块石头学习 / 卢江良著 . -- 北京 : 北京联合
出版公司 , 2024. 8. -- (名家小写文集). -- ISBN
978-7-5596-7922-2

Ⅰ . I267

中国国家版本馆 CIP 数据核字第 2024A0N378 号

向一块石头学习

作　　者：卢江良
主　　编：张海君
出 品 人：赵红仕
出版监制：张晓冬
责任编辑：孙志文
特约编辑：和庚方　张　颖
封面设计：立丰天

北京联合出版公司出版
（北京市西城区德外大街 83 号楼 9 层　　100088）
三河市同力彩印有限公司印刷　新华书店经销
字数 260 千字　710 毫米 ×1000 毫米　1/16　12 印张
2024 年 8 月第 1 版　2024 年 8 月第 1 次印刷
ISBN 978-7-5596-7922-2
定价：65.00 元

版权所有，侵权必究

未经书面许可，不得以任何方式转载、复制、翻印本书部分或全部内容。
本书若有质量问题，请与本公司图书销售中心联系调换。
电话：17710717619

目　录

第一辑
情感的火花

父亲的病

　　春节期间，正当新冠肺炎疫情来势凶猛之际，父亲因高烧迟迟未退而引发支气管炎，再次住进了老家城里的医院。这是父亲在最近大半年时间里，第三次由于支气管炎而住院。除此之外，他还去医院看过两次病，就在这次住院前的一周，刚从城里医院输完液。这也就是说，在不到一年的时间内，父亲已陆陆续续生了五次病。而这五次病，都是老年支气管炎。

　　在我的记忆里，父亲六十八岁前，只生过一次病。那时，我还没到上学年龄，老家农村普遍贫穷，我家平常吃不起荤菜，是大型拖拉机手的父亲，有次从外地买回近十斤"油桶鲞"的肠。或许父亲短时间内吃得太多了，结果患上了黄疸肝炎。记得，当时尚未寒冬，父亲整天裹着一件黄色棉大衣，脸色发黄，身体虚弱，喝了较长一段时间的中药，才终于康复。

　　那次病愈后，父亲几乎没生过什么病，连头痛发热都未曾有过。倒是母亲，经常会有一些小痛小病；不过，轻则只需刮刮痧，重则去村医那边配点药打支针，也就解决了。所以，在他们五十四岁（他俩同岁）前，除了大姐剖腹产住过院，全家均无住院的历史。也正因如此，母亲五十四岁那年，由于劳累透支引发"甲亢"须住院治疗，把我们全家吓得不轻。

　　然而，父亲的"钢体铁躯"在六十八岁前后惨遭破坏。此前几年，我家雇佣的阿姨因家事离职，母亲来杭城帮我家带小孩，而父亲在老家有一些活在做，两人便开始长达八年的两地分居。这样，原本生活上完全依赖母亲的父亲，一边在村石矿起早落夜地记账，并经常通宵加班；一边虽在大姐家搭伙，但日常照料得靠自己，五六年熬下来，身体就垮下去了。

　　终于，父亲患了支气管炎，起因是感冒未及时治疗和石粉长期侵入肺部。起初，一年偶发一两次，在镇医院配药、输液即愈。随后，逐渐严重。特别是有年夏季，一天正午，他骑车从石矿返家，途中摔昏了过去，幸亏有邻居发现，及时送去镇医院，才没危及性命。那次，虽无大碍，只包扎了伤口，配了些药，在家静养了没几天。但此后，身体开始变得虚弱。

　　父亲刚生病的时候，并没引起我的重视，包括摔昏那一次，也没放在心上。而真正触动我心弦的，是没多久的又一次支气管炎。那次，显然比以往各次都严重。在我们的要求下，父亲被二姐夫用车接到了杭州。那天，我下班回到家，见他乏力地瘫在那里，像一株枯萎的芦苇。当晚，我带他去家附近的浴室洗澡，他连走路都困难，是我半扶半背着过去的。

　　说来惭愧，自从结婚生子后，我平时极少回老家，特别是母亲来我家后，回去的次数近乎于零，都是父亲从老家到我家来。因此，每次看到父亲，都是他健康的时候。而那次，我首次看到他病着的模样，心头有一种说不出的痛。尽管父亲那次的支气管炎，第二天我带他去看了门诊，吃了差不多两周的药，基本上好转了。但他的病，从此搁在了我的心里面。

　　这以后，气喘和咳嗽成了父亲的常态。每当那时，他就吃平时自备的药。考虑到他的健康，我们建议他来杭州生活，但被他婉言谢绝了，一方面他还想在村里干些活，另一方面当时我家地方小，这么多人挤在一起不方便。差不多过了一年，儿子能独自上下学了，母亲也便回了老家。有母亲的照应，加上石矿已停产，父亲不用再落夜干活，体质稍有了改观。

可是，支气管炎是一种慢性疾病，跟患者的抵抗力息息相关，而父亲毕竟是七十多岁的人了，加上一贯来不注重保养，平时还免不了干些农活，因而从去年下半年起，宛如山洪暴发了一般，不断冲击着他的健康——六月底，第一次住院；过了三个月，再次住院；之后，病过两次，去医院输了液。今年正月初一刚输完液，过了不到一周，于初七当夜又住院。

对于父亲的病，我总有一种负罪感，觉得主因在于自己。确实，要是当初不让母亲帮我们带孩子，父亲的生活由母亲在照应，他的身体应该不会垮掉；要是我不从事文字工作，换一种高收入的职业，让父母晚年生活有保障，他也用不着那么"拼"；要是当年我没背井离乡来杭州，一直守护在父母的身边，经常帮他们分担一些农活，父亲也不至于积劳成疾。

更让我愧疚的是，作为他们的儿子，父亲的三次住医，除了有次恰逢国庆节，我陪他回绍兴替他办理住院手续，陪了他三天，其余两次基本上"缺席"。特别是最近一次，正处于新冠肺炎疫情期间，当时我们已返回杭州，连夜送父亲去城里住院和长达十天的昼夜陪护，全由在老家的大姐一人承担。而我除了彻夜担忧和电话问候、安慰，几乎出不了一点力。

很多时候，我想着去改变，然则无能为力。为此，只能如斯假想：倘若有来世，望老天再赐我一次机会，还当我父母的儿子，等我长大成人，不再从事清苦的写作，一定选一种赚钱的职业，好好地赡养他们，让他们不必过得如今这般艰辛。而在这种梦想尚无法达成的现在，我只能寄希望于父母保重身体，等到自己退休后，能抽出更多时间陪伴在他们身边。

朝北的燕巢

　　这年春季，像往年一样，燕子又飞到我老家筑巢。不同的是，这次它们不是筑在大门外的屋檐下，而是筑在了大门内。这样的朝向，是极为罕见的，至少在我老家村里，从来没有过。母亲问了村里的老人，他们说燕巢朝北比朝南要好，预示我家这年会非常吉祥。

　　父亲一贯极爱小生灵，唯恐燕巢筑得不够牢，摔破了一巢燕蛋，每次燕子来筑巢，都会在底下钉一块木板，横'托'住那个巢，以起到保护的作用。这次，燕子将巢筑在了大门内屋檐下，父亲不顾支气管炎刚出院，拖着病体爬上扶梯，照例完成了这项"工作"。

　　燕子生下蛋不久，父亲由于腹部难受，加上血压有些高，我和妻子开车回老家，将父母一起接到杭城为父亲诊治。离开老家前，为家里的安全考虑，得关上大门。这时，父母担心那对燕子无法从大门出入，到时会饿死或者渴死。我安慰他们，开着窗呢，不会有事的。

　　到杭城第三天晚上，我们陪父亲去一家大医院急诊，结果被值班医生误诊为淋巴瘤，当夜送进了抢救室诊治。那个时期，由于受新冠肺炎疫情影响，患者在抢救室家人不得陪护。等父亲在里面待了三日三夜，转到血液科普通病房后，不足三小时，心跳就莫名地停止了。

父亲被抢救过来，直接送进了重症监护室。在那段日子里，母亲和我们姐弟三家，每天几乎寸步不离地守候在医院里，焦虑地期盼父亲能好转过来。我们坐在院区水池边沿的水泥面上，那里有不少蚂蚁出没，母亲一边牵挂着被抢救的父亲，一边惦记着老家的燕子。

我说，现在父亲在重症监护室，哪里还顾得上那几只燕子。母亲就叹口气说："你爸这人心很善，平常连蚂蚁都舍不得踩死一只。"她又讲起父亲年轻时，给村里开（驾驶）大型拖拉机跑运输，那个年代农村还没有什么车，父亲就经常主动让老弱病残者免费搭乘。

确实，这类好人好事，父亲做过不计其数。单单溺水者，他就救过至少四位，其中一位还是孕妇。那位孕妇，当时租住在我们老家，有一次去洗衣服，不慎滑进了河里，父亲正好路过，赶紧救起了她。事后，她告诉村里人，有一个老头救了她，但不知道是谁。

于是，我们想：父亲总这样积善行德，一定会有好报，老天会保佑他渡过难关的。然而，让我们无比痛惜的是，父亲在重症监护室，先是昏迷，后心跳再次停止，被抢救过来，又一直昏迷，过了好几天，才终于清醒，并被排除了肿瘤，可待到第十三天，还是离世了。

在重症监护室的最后一天，我们将父亲从杭城送回绍兴，到老家的时候已是下午二点，事先得到通知的亲戚们，早早将我家大门打开，忙碌地准备父亲的后事。而筑巢在大门内屋檐下的那对燕子，不时地回来穿过大门飞出又飞进，并在我们的头顶"叽叽"地叫着。

悲痛欲绝的母亲，仰视着那对燕子，欣慰于它们安然无恙的同时，颇感失望地喃喃自语道："都说燕巢朝北好，说我家这年会很吉利，可我的老伴还是没了，我再也不信这些了。"在一旁搭灵棚的亲戚闻讯，征求母亲的意见："那地方要装盏灯，是不是把燕巢拆了?"

母亲阻止了他。她说，那地方本来安装着一盏灯，父亲怕我们忽略燕巢的存在，不小心按亮了灯，烫着那些燕子，特地取掉了那只灯炮。我默默地想：如此爱惜生灵的父亲，同样作为大自然的生灵，老天却不够爱惜他，只让他活了七十四个年头，便夺走了他的生命。

在为父亲守灵的那几天，那对燕子孵出了小燕子，我们沉浸于悲恸中，自然没心思去数多少只，只望见不时有小脑袋伸出，被大燕子喂着食。而在那个燕巢下方，父亲"躺"在那里，永远不能再醒来，但我相信：他在天之灵，一定会感到欣喜，为那些新生的燕子。

带着忏悔的房子

那年，由于之前居住的小区整体拆迁，我们选择了货币安置，在二手房市场连跑了一周后，第一眼看到那套房，我和妻子都挺满意。

确实，那套房所在小区的环境颇佳，面朝凤凰山，南宋定都杭州后那边便为皇城，步行过去也就一刻钟光景；背靠以潮闻名天下的钱塘江，从小区一个侧门左转，走上两分钟便到了江堤。

特别是那套房还是跃层，六层跃七层，两层之间的那部旋转铁制楼梯，能让我找回儿时在老楼居住的感觉，并足以给我们孩子的未来留下美好的回忆；还有免费赠送的一个敞亮的露台和一个雅致的木阁楼，也都极具吸引力。

当即，我们拍板购买，并于次日与房东签订了协议。

然而，当晚，打电话将此消息告知父母时，接听电话的母亲有些生气："你们怎么不买套二三层的，或者有电梯的房子？这么高的楼梯房，你爸能爬得动吗？"

我说，二三层的，没那么好的环境；电梯房，我们没那么多钱。

母亲又问："还能不能退？"

我说，不能了，已交了 10 万块定金。

母亲就不作声了。良久，说，我没关系，你爸有气管炎，爬楼梯的时候，能少爬一步是一步。

可是，木已成舟，我也无可奈何，只得安慰她，到时你们来了，让爸走慢点，不要一口气爬上去，走一层停一下。

房子交付后，我们准备装修，父亲在电话里抱憾地说，这次装修，我就不来了。我说，爸，您不用来了，有大姐夫在就行了。

"进屋"的前一天，父母来了。他们觉得爬楼梯累，房子蛮好的。

后来，他们来过几趟，开始的时候，总从家里拿来很多蔬果；慢慢地，就拿少了，父亲歉意地说，本来想多拿一点，楼太高了，实在挑不动。母亲在旁说，这点东西，还是我拿的，你爸爬上楼，气都喘不过来。我说，以后你们来，不要再拿东西了，蔬菜水果，这边买也便宜。

父母来的那些天，我们去上班，他们不像以前经常出门，总是待在房子里，母亲在我们卧室看电视，父亲在聪聪卧室（也是父母的卧室）读我的那些藏书。

双休日，我带他们去杭州的一些景点游玩。回来的时候，看父亲爬楼，感觉他特别吃力，总是气喘吁吁的。我提醒他，爸，您休息一下。父亲就在楼道间停下来。我陪着他，看着他苍白的脸，很过意不去。

更多的时候，我们就坐在客厅闲聊。好几次，父亲说，这套房子很不错，在杭州能有这么一套房，也如意了。可我总愧疚地说，当时买下它也欠考虑，没想到您爬楼这么累。父亲说，这个没关系，我们不是每天住这里，也只是偶尔来来。

但房子买来的第三年，父亲就不来了。那年，他因支气管炎住了两次院。跨年后，刚到正月初七，又住了一次。到了5月，因腹部难受，加上血压有些高，我和妻子开车回老家，将他接到杭州诊治，同来的还有母亲。考虑到爬楼梯的问题，我们将他们送到了住电梯房的二姐家。

在二姐家住了两天，父亲给我打电话，说要回老家去。我说，您的病还没好，怎么能回去？他说，住在女儿家，总不太习惯。我说，那我明天接您到我们这边住。父亲说，我现在这样子，哪还爬得动楼。我说，到时，我背您。父亲说，那等明天再说吧。

最终，父亲没能来我家。第二天晚上，因腹部难受加上气喘，将他送到医院急诊，被误诊为淋巴瘤，在留观室待了三天，转到血液科病房时，心跳就停止了，虽经两度抢救，终于苏醒过来，但十三天后，还是离世了。

父亲住院前，我对那套房子可谓满心喜欢，特地写过一首仿古诗《新居偶感》："面山背江复兴苑，观凤舞笔枕潮眠。不慕子牙晚年荣，乐当陶公归桃源。"并请九三学社同仁、著名书法家赫大龄先生书成了横幅。

父亲离开后，我依然爱着那套房子，对父亲却有了一种深深的亏欠，还有一份无以名状的隐痛。我觉得，那套房子，真像一面镜子，照出了自己的自私。

父亲的手

曾在多年前写的一篇散文《失去梦想的手指》里，描述过自己手指的形状"白皙、均匀、细长"。应该说，我的这双手的形状，是遗传我父亲的，只是他的皮肤较为黝黑；手指虽也"均匀、细长"，但并不"白皙"。

在我的记忆里，我与父亲曾很多次坐在一起，翻看各自和对方的手掌，为自己拥有一双"秀手"而自豪。我们一致认为，长着这样一双手，是不合适干重活的；干重活的手，要十指短粗，手掌厚实，且长着老茧。

由于长着这么一双手，我高考落榜后，尽管没进过高校深造，然则通过写作这条途径，最终"逃离"农村，成了从事文字工作的城里人。而长着一双相同模样的手的父亲，显然没这般幸运，一辈子都生活在农村。

不过，在农村的父亲，他的那双手并不一直干重活。最初，他的手持教鞭和粉笔；随即，握了十五六年大型拖拉机的方向盘；有个时期，他还拿过漆刷、刮刀；之后，在很长的时间里，他先后在矿山和工地，记账。

当然，父亲的手，也干重活。在做好"正业"之余，他与母亲一起下田地。他比差不多年纪的农民少干近二十年的农活，我家的田地的收成却比村里其他人家的好。此外，他还让母亲做帮工，改造了好几间脚屋。

关于那些脚屋，我在《充满乡愁的脚屋》中曾描绘过："修缮好的脚屋，纵然墙面并不平整，细看每一处，却是那么别出心裁。"这些皆出自没学过一天建筑的父亲的手。其他手艺，除了驾驶拖拉车，均系他自学。

确实，凭着父亲的才智，他的那双手，本来用不着干这些的。在他十五岁那年，因为出色的绘画天赋，就读学校的七位教师来他家，要保送他上省城的一所美院，因为家境贫困和祖父的不理解，让他错失了良机。

后来的岁月里，父亲又遇到过好几次契机，终究都选择了放弃。从他二十岁那年跟同龄的母亲结婚后，不到五年时间，便有了大姐、二姐和我，加上当时还须共同赡养年迈的祖母，根本容不得他顾及自身的发展。

等我成年后，了解了他的往事，曾提议他重圆旧梦，可断裂已久的翅膀，哪还飞翔得了？或许，父亲早谙此理，所以把一切希望，都寄托在我的身上，对我孩提时学业上的严厉和成年后事业上的支持，都足以佐证。

此后，我每当看到父亲的那双手，总有一种无以名状的愧疚感，觉得他的那双手本来可以握着画笔的，由于他的极度责任感，以及对我们的深爱，选择放弃了自己的追求，长年累月地干着与他的那双手极不相称的活。

那种时候，我总提醒自己要努力些，在事业上能走得更远些，一则能够弥补父亲未圆的梦想，多少使他感到些许安慰；二则改善我们的经济条件，让父亲的双手能够闲下来。然而，对于后者，其实只是我的一厢情愿。

特别是父母步入古稀之后，我曾无数次如此设想：等自己退休了，就时不时地回老家去，或将父母接到杭城居住，那时他们已年过八十，走路必定有些踉跄，我就牵着他们苍老的手，出门晒晒太阳、乘乘风凉……

可是，我终于没能等到牵上父亲手的那一天。2020 年 5 月上旬，父亲因腹部难受加上气喘，在医院被误诊为淋巴瘤，在留观室待了三天，转到血液科病房便心跳停止，经两度抢救终获苏醒，但于十三天后仍不幸离世。

深深地记得，父亲刚转至血液科病房，已没有多少知觉，我陪坐在病床右侧，握起他摊放于床沿的手，目睹着奄奄一息的他，不由得心如刀绞。我低声鼓励："爹，您再坚持一下，您再坚持一下。"忍不住泪如雨下。

也许，父亲还有一点点知觉，他感知了我的哭泣，那只手便蓦然挂了下去。因为自从成年至那一刻，我从未在人面前哭过。而那刻的哭泣，使父亲明白将意味着什么，便再也没有信心坚持下去。这让我后来无比悔恨。

抢救了十三天，被告不治。将父亲送回老家的那天，整个下午我都握着他的手。那是一双黝黑而浮肿的手呀，让我感到那么陌生，可又是那么熟悉。直到傍晚，因操办后事需要，在亲戚再三劝说下，我才不舍地松开。

父亲的手，就这样远我而去。在之后的日子里，当我一个人独处的时候，总会无数遍地回想我们翻看各自和对方的手掌的情景。我想，这样的时刻，不可能再重现。但父亲的手，已被我的心紧紧握着，永远不会松开。

在父亲的墓前

　　清明那天，我们去给父亲上坟，发现他墓前的一只石狮松动，便告知不远处一位公墓职工。那位公墓职工走过来，为那只石狮加固。我看他有些面熟，但一时记不清是谁，不敢贸然招呼。等他加固完毕，抬头与我四目相对，便惊喜地说："我们认识！我女儿在你那边学过电脑。"这下，我的记忆开始复苏：二十四年前，我在老家镇上开办文印社，由于生意惨淡，尝试着开展电脑培训业务，招收过两个学员，他的女儿就是其中之一。

　　我问："你女儿现在……"他原本抬着的头，顿时低垂了下来，轻声嗫嚅着："她，现在，厂里做，纺织工。"随即，用一种极度自责的语气检讨道："都怪我当初没给她买台电脑，要是……她就不会像现在这样……"我听了，心头不由得沉了沉。我很想安慰他：那个时候，一台组装的电脑，得花八九千块钱，而在我们农村，一户普通的家庭，一年的净收入，也不会超过五千元，没有哪一户人家，会轻易买一台电脑，专门供子女练习用。

　　我刚想开口，见家人急着返家祭父，也不宜久留，与他挥手告别。走出数十步再回首，他仍站在我父亲墓前，忽觉他像极了我父亲，心头不禁思绪万千，有一种欲哭之感。是呀，他虽比我父亲年轻，但同样瘦瘦的，微弓着身躯，更相像的是，都为家人活着。想当年，为了有更多时间写作，我打算辞去杭州一家公司的高管职务，举债在镇上创办首家文印社。明知这是一种冒险之举，但为了成就我的梦想，得到了父亲和母亲的鼎力支持。

那位公墓职工，何尝不是如斯！记得，我在老家创办文印社时，全镇90%以上的人，没见识过电脑，因我的店在菜市场跟前，那些赶集的人都来瞧稀奇，惊讶于图文竟能从纸上印出来，几乎每天"门庭若市"，但没有一单"业务"。在这样的一个时期，当初还是农民的公墓职工，得知我将招收学员，为了让自己的女儿，今后有一个好的出路，全然不顾家里一贫如洗，以吃河豚的勇气，花费了一笔不少的费用，第一个将自己女儿送来培训。

相同的是，他和我父亲，对于那次的"投入"，均"颗粒无收"——他的女儿学了电脑后，始终没从事过跟电脑相关的工作；我的那次"创业"，最终也以失败告终。不同的是，公墓职工寄希望于女儿的梦想，从此就"夭折"了；我父亲寄希望于我的梦想，却一直在"成长"，甚至于远远超乎他的预想。可是，他们内心的那份自责，依然那般相似——公墓职工说，都怪自己当初没给女儿买台电脑；我父亲总说，都怪我们，帮不了你忙。

在我的记忆里，那句类似的话，父亲说过无数遍。当我初到杭州，居无定所时，父亲总自责道："都怪我们，帮不了你忙。"当我成家后，蜗居于陋室时，父亲又总是自责道："都怪我们，帮不上你们忙。"当我们的旧居拆迁，准备买套大点的房子，父母硬要给我们一笔钱，在给的当儿，父亲依旧自责道："都怪我们，帮不了你们大的忙。"那时，父亲已患支气管炎，我劝阻他不要再去干活，他总说："我还做得动，多少再帮你们一些。"

就这样，父亲犹如一支火烛，燃尽了自己的生命。而刚才，在他的墓前，听了公墓职工的自责，我油然想起父亲的付出，心头有一种说不出的痛。我真想停下脚步，朝着那位公墓职工大喊一声，同时喊给长眠于此的父亲："别再自责！真正需要自责的是我们!"但我终究没有如此而为，因为任何劝说和告慰，对于习惯于奉献的他们来说，都显得那么苍白无力。我想，还是把他们的那份爱，珍藏在心底更好一些，既可感念他们，又可温暖自己。

三本书里的父爱

父亲离世后，有一天，我整理书柜，在众多的书籍里，翻出了三本书。这三本书，均系文学类图书，都是父亲于1993年4月下旬买给我的，分别为美国作家海明威的《永别了，武器》《战地钟声》和法国作家雨果的《巴黎圣母院》。

这三本书，对我后来的创作有没有帮助？答案是肯定的。特别是海明威的两本，让我对战争有了新的认知。以往，只要一提到战争，我就会联想到英雄，从而对之充满向往，很少考虑战争的残酷性。但这两本书，扭转了我的这种思维。

可要说这三本书对我的创作带来多大影响，显然不存在，它们远不及我之前阅读的中国鲁迅、俄国契诃夫和后来阅读的奥地利卡夫卡、阿根廷博尔赫斯、法国加缪、萨特以及当代印度奈保尔等作家的。尤其是雨果这本，我一直没读完。

然而，它们对我后来走上文学道路，起着关键性的作用。假如，把我当初的历程比喻在深夜里行走，那么这三本书就是三支蜡烛，用其微弱的光，照着我文学之路的开端。而手中擎举着这三支蜡烛的，就是我的父母，特别是我的父亲。

为什么这样认为？那得从我如何走上文学之路说起。在高中毕业前一年的1990年，我决意成为一名作家。这在我家所在的农村，无疑是一种"创举"。因在我之前，我们整个村，甚至于整个镇，都没出过一个作家，也不知道文学为何物。

难得的是，我的父母全力支持我。然则，要成为一名作家，绝非易事。虽然，我在上班之余，除了睡觉，几乎把所有时间和精力都用于写作，但收效甚微——在将近的两年时间，只发表了一篇千字少儿小说，且在一份内部发行的县级报上。

在这濒临绝望的时期，父母看出了我的气馁。有一次，粗通文艺的父亲对我说："要当作家，哪有这么容易呀。"言下之意，让我不要因为暂时的困难，而放弃成为一名作家的梦想。也正是由于他们的不断鼓励，我终于硬着头皮坚持了下来。

而要想在文学路上走得远，须阅读大量文学经典。当时，离网络在中国普及还有十年时间，身居农村的我又不具备去图书馆博览群书的条件，甚至去一趟新华书店都是一种奢望。恰好那时父亲去杭城帮一建筑包工头管场记，我便委托他购书。

这三本书，就是那个时候，父亲给我买回来的。如今，我翻开它们的扉页，上面记着"一九九三年四月二十三日父替我购买于杭州新华书店"等字样。而直到此刻，我的脑海里依旧能够清晰地浮现起父亲那次回到家将这三本书递给我时的情景。

尤为让我记忆深刻的是，当我看到这三本书时，发现雨果的《巴黎圣母院》是精装本，便深感惋惜地说："爹，这个其实用不着买精装本的。"可父亲反而颇为遗憾地回答："本来我都想买这种（精装本）的，但那两本只有那种（普装本）的。"

关于这三本书的由来，就这么简单。对于当前的我们来说，也许不值一提，但时间退回到二十七年前，情况就完全不同：当时，我父亲的月收入不过四五百元，买这三本书就花了 27.45 元。更须说明的是，那时我家刚造了新房，还欠着债。

这让处于彷徨中的我，别无选择地投入了创作。时隔将近两个月后，也就在当年 6 月中旬，我终于又发表了一篇作品，至年底一共发表了五篇。尽管那些作品都只是发表在那份内部发行的县级报上，但在我的心头已重新燃起了对文学的希望。

后来的日子里，在父母一如既往的支持下，我在文学之路上不断前行，经过三十年的艰辛跋涉，终于有了一定的收获，成了一名写作者。而在这漫长的岁月里，我购买过上千本书，这三本书混杂其中，犹如沧海一粟，渐渐地也就被我淡忘了。

到 2020 年 9 月，在父亲离世近四个月后，我才重新翻出了这三本书。其实，在父亲的给予中，这三本书是微不足道的，他把一生都献给了我，以及我们一家。但面对它们，使我重温了那份至深至纯的爱，也终于明白他就是我人生路上的掌灯人。

父爱繁盛的菜园

　　我的老家，有一个菜园，那是好些年前，父母开辟的。那个菜园，严格地说，不能称之为"园"，仅仅是一块狭长的菜地。它在我家后院后面，半环着院子的围墙，往左边的空地延伸，呈现一个粗壮的"L"形。

　　在那片面积不大的菜园里，父母每年会按照不同季节，种植番茄、茄子、生菜、毛豆、青菜、土豆、大蒜头、青瓜等各种蔬菜；父亲甚至还在菜园周边，种上了无花果、橘子、胡柚等果树。

　　自从二姐和我先后在杭州成家后，远在老家的那个菜园，便自然而然充当起了"蔬果供应站"。父母每次来我们两家，都会手提肩扛着一些蔬果。而我们逢年过节回一趟家，汽车后备箱就秒变成"蔬果中转站"。

　　每一回，只要我回到老家，父亲总爱打开后院铁门，陪我踏看那个菜园。那里，正顺应着时节，生长着各种蔬果。我虽生长于农村，但不谙农事，分不清草与秧，父亲就对着蔬果指指点点，告诉我它们是什么。

　　那时，做好饭的母亲，也会闻声出来，对我说，你和你二姐两家，要是住近一点就好了，你们都不用买菜，我们隔天送一次，就够你们吃了。又说，现在菜园里的蔬果，多得他们吃不完，大部分送了亲戚和邻居。

时光荏苒，到去年六月底，身体一直硬朗的父亲，因肺炎引起支气管炎住了院。随后，出院不到一季度，又住了一次院。考虑到父亲的病情，我们向父母提出不要再干农活，或待在老家或住到杭州，安度晚年。

面对我们的建议，起初父母一致认为，他们当了一辈子农民，现在不种田割稻了，不能连几块自留地都给荒芜了。后经我们数次劝说，他们才不得已做出让步：其他几块地就让它们荒着了，可那块菜园还得种。

他们的理由是，那块菜园就在自己屋边上，打理打理不费力。他们又说，自己种的菜，不会乱下农药，吃起来放心，而且还新鲜。他们还说，自己年纪大了，整天不活动也不好，种种菜施施肥，权当作在健身。

就这样，从第二次出院到今年一月底，父亲又陆陆续续病过三次，其中一次还住了院，但他们依旧没放弃那片菜园。今年四月中旬和五月初，为陪父亲看中医，我和二姐夫两次回老家，父亲仍不忘陪我踏看菜园。

不过，这两趟，虽然在我们返回杭州前，父母已备好了蔬果，然则我执意只拿了一点点。我说，以往拿回去的蔬果，很多来不及吃，都是给我们扔掉的。我再次建议父母，如果真的一定要种，就种够他们自己吃的。

我如此说，一半是真，一半是假。真的是，拿回去的蔬果，由于量多，且是新鲜的，一时间吃不完，确实会腐烂；假的是，我希望以此为借口，阻止他们再在菜园里忙碌，可以让父亲好好休养，免受病痛折磨。

意想不到的是，今年五月上旬，父亲因腹部难受加上气喘，来杭州一家大医院就诊，被急诊科医生误诊为淋巴瘤，在留观室待了三天，转到血液科病房便心跳停止，经两度抢救终获苏醒，但仍于十三天后不幸离世。

之后的日子里，我多次回老家，可一次也没去菜园。因为没了父亲的菜园，对我而言充满着伤感，我不敢再轻易去面对。而每次返回杭州前，母亲照例会备好蔬果，并告诉我，那是父亲生前种的，只是量越来越少了。

等父亲离世一百天，我又一次回到老家。那次，在母亲的提议下，我重新去了菜园。只见那里一片荒芜。母亲说，这段时间，她没心思打理；而父亲种的蔬菜，都已收获。只有父亲种的那些果树，还葱茏青翠着。

母亲说完这些，回屋做饭去了。我一个人站在那里，望着那个空寂的菜园，回想起父亲陪自己踏看时的情景，暗忖以后再也吃不到他种的蔬菜，心头顿时涌上一种无以名状的不舍和悲恸，泪水忍不住夺眶而出……

父亲已乘黄鹤去，他和母亲开辟的菜园，从此不会再出现他的身影，这显然是一场令人无比伤痛的浩劫。然而，父亲留给我们的那份爱，犹如他亲手种植的果树，在生长于那个菜园的同时，将永远繁盛于我们的心里。

父亲的红布条

前些天回老家，到院子前方的脚屋取物件，发现那辆自行车不见了，只留下两只轮胎挂在墙上。随之消失的，还有那根系在车头管上的红布条。想必前段时间母亲和大姐夫妇在收拾那间脚屋时，见那辆自行车闲置在那里挺占地方的，便将其拆散处理了。

记得，购买那辆自行车时，我读初一。当时，是父亲自己骑的。他在离家三四里的厂里，与人合伙开大型拖拉机，每天需要进出好几回。但事实上，他骑了不到一年，见开大型拖拉机赚不了多少钱，就远赴上海松江打工去了。那车，便成了我的"专骑"。

可好景不长，我骑了没多久，摔了一跤，还撞翻了一对骑自行车的父子。那次"事故"，导致我后来考上高中，即便住校，每周最多回家一趟，父亲还是不允许我骑。直到高三，交通实在不便，才勉强同意。而在我骑之前，他在车头管上系上了一根红布条。

高中毕业后，我断断续续在老家待过近五年。在那些日子里，我几乎每天骑那辆车。而伴随我骑行的，总有一根红布条。它系在车头管上，迎风飘扬……自然，那红布条是经常更换的。随着时间流逝，经受风吹日晒雨淋，红布条容易褪色变脆断裂。

也不光给那辆自行车，后来我在杭城定居，每买一辆新的自行车，父亲都会系上一根红布条。每当老的红布条泛白脆裂了，他就会换上一根新的。纵然，有那么二三回，我看到他在专注地系，但从来没有问过他，为什么要系上红布条？他呢，也从来不说。

最近十多年，我改骑电动车，可能考虑到车头管太粗，系上红布条不雅观吧，父亲才中止了这一举动。不过，他换了一种形式。比如，他和母亲来我家，每次目送我出门，总会叮咛："宁可慢一点骑""路上一定要当心"。哪怕在电话里，也总是如此嘱咐。

其实，不仅在骑行的路上，在人生的旅途中，他同样不忘为我系上"红布条"——当我迷惘的时候，他开导我；当我消沉的时候，他鼓励我；当我失败的时候，他安尉我；当我胜利的时候，他祝贺我；当我怠惰的时候，他鞭策我；当我骄傲的时候，他警示我……

也许，因为父亲的那些"红布条"的"保驾护航"，我一路前行，从农村来到了城市，由一名高中毕业生成了一位写作者。然则，面对掌声和喝彩，我的内心总有一份愧疚感，觉得他付出太多，而我从未为他做过什么，希望有朝一日也能给他系一下"红布条"。

父亲七十四岁那年，因腹部难受加气喘，被我们送至医院急诊，结果被误诊为淋巴瘤，在留观室待了三天，转至病房时心跳骤停，送重症监护室抢救。父亲昏迷的日子里，我无数次默默祈祷：愿缩短自己的寿命换取父亲生命的延续！希望以此为他系上"红布条"。

然而，事与意违。最终，父亲还是离开了人世。就这样，在我将近五十年的生命历程中，父亲为我系了无数"红布条"，而我却一根也未能为他系上。之后的几年里，尽管我再也没见过父亲系的红布条，可每当想念他时，总有无数红布条在我眼前飘扬……

父亲的家书

　　最近的一年半时间里，好多个万籁俱寂的暗夜，我独自待在房中，翻阅父亲写给我的信。那些信一共有50多封，最早的写自1989年3月，当时我读高一；最迟的止于1997年11月，我供职于绍兴县文联。这中间有着九年时间的跨度。之后，由于我家安装了电话，不再以书信的形式联系。

　　整理出这批信后，我特地阅读了《傅雷家书》。应该说，傅雷写给傅聪和傅敏的信里，不仅渗透着一个父亲对儿子苦心孤诣的爱，而且体现了其作为一位文艺大家在音乐、美术、哲学、历史、文学等方面的高超造诣，难怪同为文艺大家的楼适夷评价道："这是一部最好的艺术学徒修养读物。"

　　父亲写给我的信，自然不具备傅雷的那种"高度"。尽管他幼时颇具绘画天分，十五岁那年曾有七位老师造访他家，欲保送他到省城一所美院深造，可终因祖父的反对而未成行，后来成了一名普通的农民。好在父亲读到初中，平时又注重自学，写的信整体上行文流畅，并且字迹非常漂亮。

　　但要讲信中的格式，基本上千篇一律。他的每一封信，都分为三个部分：一、针对我去信告知的近况进行评述，二、告知家人或亲戚的近况，三、对我生活、健康、工作、写作等方面的叮嘱。这三个部分的内容，除了前两部分因每次近况不同有所变化外，最后的那部分基本上雷同。

然而，就在父亲给我写信的日子里，我从一名高一学生，因患重伤寒，高考落榜步入社会，先后辗转于绍兴、杭州、广州等多地，前五年干过四五种不同类型的体力活，后四年就算从事文字工作，也换过四五家单位，始终处于流离颠簸状态，可谓人生的暗夜。

尽管父亲的信，从未像《傅雷家书》那般向我灌输过那种"高尚情操"，但从那些平实的语言里传递出与他的性格相违的脉脉温情。譬如，他几乎在每封信里，都会这样提醒我："注意体格，重要的是人，不是钱。""要注意身体，各方面不要劳累过度。""各方面要注意，特别是身体方面。"

对于如何为人处世，他也从不跟我讲大道理。1995 年 3 月，我在广州打工，从一家商店跳槽进入一家出版社，从此告别了体力活。他在信中表示欣喜之余，用大白话告诫道："在现单位，工作可好？对于人际关系，要团结一致。""虽说你走出老单位了，但是也不要忘记原单位的老板。"

特别在我的事业方面，他总是毫无保留地支持。我高中毕业后，业余从事文学创作，梦想成为一名作家。这在村里人看来，简直是天方夜谭。可父母不这样认为，他们充分理解我，并相信我一定能成功。父亲在大多数的信里，都会提及我的写作，要么通知投稿录用情况，要么安慰或鼓励我。

记得，《傅雷家书》阅后不久，作为主人公之一的英籍华裔钢琴家傅聪离世，不少媒体重温他们父子俩的旧事，我在网上"偶遇"了傅聪多年前的一篇访谈，他直言不讳地说："这些（家书）我是嫌他烦的，这些我从来没有好好看过。"他甚至极少回信，傅雷写给他 177 封，他只回了 6 封。

被奉为"教育圣经"的《傅雷家书》，尽管后来影响了无数读者，但对傅聪并未起作用。而作为平凡人的父亲，他的那些信却给了我莫大的力量——他对我生活上的关心，让我备感温暖，在世态炎凉的现实中不再寂寞；他对我事业上的勉励，让我充满自信，在坎坷不平的文学路上不畏艰辛。

值得一提的是，父亲在信里极少谈到自己。其实，父亲给我写信的那段岁月，同样是他人生的暗夜。在农村推行联产承包责任制前，他一直是我们村（当时叫"大队"）的大型拖拉机手，虽说三天两头外出跑运输，但日子过得还算安稳。之后，他便失去了那份职业，为了养家糊口四处奔波。

此刻，正是子夜时分，我记录着这篇关于父亲家书的文字，眼前油然浮现出这样一幅情景：在无数个暗夜里，我与父亲跋涉于泥泞小道，尽管他自己走得极为艰难，可依然努力高举着一盏灯，替我照亮着前行的路……回想往昔，无论是在文学路上，还是在人生路上，父亲都是我的掌灯人！

如今，父亲已驾鹤西去。每当翻阅他的那些信，我总是相信他没有远离过，只是换了一种存在的形式。我甚至柜信，他依然在天上高举着一盏灯，激励我步出失去他的至暗时刻，去拥抱快乐和幸福，并继续为在人间的我照亮着未来的路。父亲的那些信，是一种永恒的爱，是一盏不灭的灯。

父母的爱情

　　父亲离世第二天，因为要定制遗照，我翻看近十年拍摄的照片。应该说，我为父亲拍摄的照片不少，但没有一张是他单人的。在我的电脑相册里，凡有他在场的照片，几乎都是跟母亲的合影。最终，我只能选出其中一张，将他的上半身截取出来，交由外甥女炀炀和文静去抠除背景。

　　关于我父母的感情，一直来是老家村里的典范。如果有人问我，什么是爱情的模样？那么，毫无疑问，我一定会向对方讲述，我父母的情感故事。确实，除却书本上杜撰和影视中演绎的，在现实生活中真实存在的爱情，最能让我感动的，到目前为止，也就是我父母之间的那一份。

　　至于我父母的结合，有过一个传闻：我舅妈是我的大姑，我大姑成为我舅妈时，我同龄的父母还不到十岁，等他们十四五岁时，我父亲展现了绘画的天赋，当时我母亲家刚建好房，我外公便请我父亲去壁上画画，我母亲磨墨递笔打下手，于是两人暗生情愫，后来自由恋爱，喜结良缘。

　　传言者也许想说明，我父母的感情之所以好，缘于两人系自由恋爱。针对这个传闻，我分别向父母求证过，但他俩均予以否认。他们说，他俩根本没谈过恋爱，只是到了一定年纪，有长辈觉得两人挺般配，又有亲戚关系，便从中撮合，就走到了一起。

结婚后的父母，关系极为融洽。从我懂事起，直至父亲离世，这漫长的五十年间，我虽看到过他们争吵，但从未见他们有过打骂。而在我老家，特别是我年幼时，夫妻间发生"战争"，是屡见不鲜的事。所以，父母的感情，总让村里人羡慕；他们的婚姻，俨然是"美满"的代名词。

可这样的"美满"，"落"到父亲身上，多少是令人诧异的。因为父亲的脾气，是出了名地火暴，我们姐弟仨，在成长的过程中，没少挨他的揍；他跟村里人争执，嗓门大到响彻全村。但他没动过母亲一根指头，温柔地称呼她"阿荷"，整整叫了一辈子，佐证了他对母亲的用情之深。

父亲还是一个不折不扣的坚强者——"男儿有泪不轻弹"的代表人物。在父亲的一生中，我只见过他流过一次泪——那是大姐出嫁那天，他躲在卧室默默掉泪。可大姐告诉我，其实父亲还哭过一次——1999 年，母亲生病住院，我在医院陪护，他回到家，当着我小姑的面，号啕大哭。

当然，母亲也深爱着父亲。1980 年后，农村实行"分田到户"，大队（现在的村）的那辆大型拖拉机被转卖，当了十五六年驾驶员的父亲失了业。那个时期，很多没手艺的农民，趁农闲去上海松江挑泥赚钱。赋闲在家的父亲，也萌生了这种念头，但被母亲阻止了，她怕他吃不消。

此后，父亲干过多种职业——大型拖拉机驾驶员、油漆工、建筑工地保管员，尽管也曾背井离乡，但每次时间极为短暂，最多不超过半年，因为母亲不想他离开身边，更不愿他受苦受累。这跟老家其他女人迥然不同，她们见自己丈夫成天待在家里，总以呵斥的方式驱其外出赚钱。

然而，父母被迫分离过七八年。当时，我家的保姆，由于家里发生变故，不干了。母亲便来我家，帮带小孩。父亲因老家有活儿，只能留在那边。可在分离期间，父亲一有空，就来我家，无数次奔波于杭州与绍兴之间。更难能可贵的是，父母不在一起时，每天都通电话，从不间断。

2020 年 5 月底，父亲不幸离世。之后，将近一年半时间，母亲经常生病。我们清楚，这是悲伤所致，竭力劝说她离开老家，跟我们生活在一起。但母亲总是不愿意，以"住不惯"为由婉拒。有一次，面对我的邀约，她喃喃地说："我要是去了你家，你爸一个人在这里会冷清。"

母亲始终待在老家，我与她每天通电话。好多次，在电话里，她会告诉我："你爸走了以后，我总想不起他的样子。"还没等我开口，她就接着说，"可能你爸怕我伤心，有意不让我想起的吧。"我想，父亲若在天有灵，应该会这样做的，因为他是那么爱母亲，胜过爱自己。

这是我父母的情感故事，谈不上轰轰烈烈，也谈不上可歌可泣，它是那么至真至诚，又是那么至情至爱，从小到大一路影响着我，感化着我，在我婚前让我坚信真爱的存在，在我婚后教我如何去爱对方。如今，父亲已驾鹤远去，但他与母亲的那份爱，成了我一生中最宝贵的馈赠。

祖传的宣德炉

在电视上观看一些"鉴宝"节目，总有观众拿着"传家宝"去鉴定。每当那时，我就会想起家里的那只宣德炉。那是一只铜香炉，典雅精致。俯视：敞口、圆唇、桥耳，内蕴奇光。侧观：颈矮、扁鼓腹，外表光滑细腻。外底：有三只钝锥形实足，居中阳刻"大明宣德年制"楷书款。整只炉，如明朝兵部尚书于谦所言"色似黄金，音如钟磬"。

关于那只宣德炉的来历，可谓简单明了，是祖母生前赠送母亲的，原因是母亲待她颇为孝顺。至于祖母为何会拥有那只宣德炉？那是祖母娘家给她的陪嫁物。自然，除了那只宣德炉，还有其他一些物品，我小时候从她处看到过，就有玉饰和金银铜等器物。记忆犹新的是，有一只铜制的鞋拔，其功能是协助脚跟伸进鞋底而不至于让鞋帮塌陷。

记得，受赠宣德炉后的至少十年里，父母好几次差点将其卖给收古器的，但均因价格过低而未成交。而它真正被我们所重视，是在我读高一那年。当时，语文课上有鲁迅的《阿Q正传》，文中写到：赵秀才等人去静修庵"革命"，掠走了观音娘娘座前的宣德炉。文后对"宣德炉"作了注释"较为值钱的古董"。当周返家，我把情况告知了父母。

随即，原本当油灯在用的那只宣德炉，被父亲清洗干净收藏起来，不再随便出示给收古器的，而且我们每次去城里游玩，只要路过沿街开张的古玩店，总爱进去逛一逛，看有无一样的炉，还会顺便问一下宣德炉的售价？但直到今天，我都没见过同款的炉，更不清楚它到底值多少钱。因为那些古玩店的老板，没有一位相信有真的宣德炉存在。

后来，有了互联网，我经查询了解到：正宗的大明宣德年制的宣德炉，由明宣宗于宣德三年下令铸造，由于选料贵、铸工精，便成天下名器。据载，其时所造，不过3000件，除皇宫及各部衙门配置，只赐给名山寺院，平常人家极难获得。对此，明朝著名书法大家祝允明曾曰："当与商彝周鼎共宝、金玉同价，金玉恒有而宣铜彝器传世颇稀。"

然则，我相信我家的那只宣德炉，应该是正宗的。因祖母的祖上，据传当过明朝阁老（相当于宰相）。在孩提时代，我多次去过舅公家，即祖母弟弟家，其台门高大明敞，祖上绝非寻常百姓家。而祖母亦系大家闺秀，脚小如金莲。据父亲讲述，祖父原系她家长工，因祖母父亲嗜赌，导致家道败落，无力支付祖父工钱，只得将祖母许配给了他。

确信那只宣德炉是值钱的古董，于我在杭城居无定所的岁月里，父母曾无数次对我说："我家的那只炉，真值钱的话，你就把它卖了，在杭州买套房。"届时，杭州主城区的房价，一平米尚不超三千元，可我从未打过它的主意。在我的观念里，那只宣德炉是祖母馈赠母亲的一份厚礼，是母亲孝顺祖母的一种回报，我怎么能够轻易将其出售呢？

在写此文的前几天，于一个微信群里，有群友在晒"传家宝"，我忍不住也晒了晒那只宣德炉。不料，对于它的真假，一时众说纷纭。确实，自宣德炉成为天下名器后，可谓一炉难求，于是出现了诸多仿制品；到嘉靖、万历年间，仿制的"宣德炉"

随处可见。此风一直延续至今，在当前的艺术品市场上，各朝各代所仿制的"宣德炉"琳琅满目。

　　这时，有一位群友提议，让我拿家里的宣德炉，去权威机构鉴定一下，以确定其真假和目前的价位。但当即被我婉言拒绝了。在我看来，我家那只宣德炉的价值，已不在于是真是假，也不在于到底值多少钱，而在于它在传承过程中，已蕴含了一个母亲与祖母共同赋予的温暖的故事，这或许是一般"传家宝"所不具备的，也是其真正的价值所在。

母爱的补丁

　　进入秋季，天变凉了，我从衣柜里翻出一双厚袜子，发现有一只的袜尖处补着一块补丁。虽然，那块补丁补在内层，并且补得很周密，穿在脚上根本看不出来，但终究是一块补丁。我刚要把它扔掉，但转而一想，还是忍住了。

　　那补丁，是母亲补的。

　　在今年春节前，因为帮我们带小孩，母亲一直跟我们住一起。在这整整的八年里，她除了接送小孩、买菜做饭、干家务，余下的时间就是替我们缝缝补补。而对于后者，我们对她颇有微词，是呀，都什么年代了，还缝缝补补！

　　然而，母亲不那么想，在她一贯的意识里，衣服要是破了，首先想到的就是缝补。当然，她也清楚生活条件改善了，不能让人觉得咱家寒酸，于是将缝补的对象，局限于外人瞧不见的，比如：袜子、短裤、背心、床单等。

　　记得，她的这种惯性做法，还让我"丢人现眼"过。有一次，我应邀去外地参加一个活动，主办方安排我们住双人间，跟我同室的是一个陌生人。到了晚上，我先去洗澡，洗好光着上身出来，发现对面床上的他，异样地瞅着我的下半身。

　　轮到那人进去洗澡，我回想着他怪异的眼神，赶紧上上下下检查全身，猛然发现自己穿反了短裤，臀部露着一大块补丁！想必那人觉得我穷得不行，都这个年代了，竟然还穿着有补丁的衣服。当即，我对母亲产生了一股怨气。

也正是凑巧。那次，我出差回到家，发现母亲正坐在床沿，不断用手拧着脖颈，一副痛不堪言的样子。我见状，问："又颈椎痛了？"母亲说："嗯。"我又问："又补衣服了吧？"母亲如实回答："我看你的几双袜子……"

未等母亲把话说完，原本遗忘的"补丁事件"，开始在脑海里翻滚，我不由得发火了："你的颈椎痛也是自找的！衣服破了扔掉就是，还去补它干吗?!"母亲听了，愣了一下，显然不高兴了，说："你小时候，我补怎么不说了？"

我顿时语塞了。在我孩提时，由于家在偏僻农村，父母要抚养我姐弟仨，经济压力大，生活困苦，我们穿的衣服，两三年才换一次新的，几乎每件都有补丁。在我的印象中，很多个夜晚，从睡梦里醒来，母亲尚在缝缝补补。

母亲见我没作声，补充了一句："你们三姐弟，哪个没穿过我补过的衣服，现在大了忘记了？"我嘟囔道："那是以前，现在生活条件不同了。"母亲说："不同了，就不用节约了？这么厚实的袜子，只是脚尖顶破了，补一下还能穿很长时间。"

我没有接母亲的话，讲述了"补丁事件"。母亲沉默了一会儿，说："看到这么好的袜子、裤子，只破了很小的一个洞，我可扔不下手。你们觉得补过了，不想穿了，自己扔掉就行了。"我说："那你以后不要再补了。"母亲说："我已补惯了。"

之后，我和妻子发现破的衣服，就直接扔进垃圾桶，可事后总被母亲发现，她就从垃圾桶里提出那些衣服，惋惜地说："这么好的衣服就不要了，要是以前，补一补还能穿好几年。"而对那些来不及被我们扔掉的破衣服，她还是一如既往地缝补。

面对母亲缝补过的衣服，我总会产生这样一种心理，不是很情愿穿，但终究舍不得扔，毕竟里面凝聚着母亲的汗水。我常常这样劝慰自己：既然母亲已补好了，那就先穿着吧，等下次破了，再扔掉它不迟。

就这样，直到现在，我穿的衣服中，有些还是母亲补过的，包括文章开头提到的那双袜子。不过，在写这篇文章的时候，我突然对母亲的缝补，有了更深一层的领悟：它也许不只是一种节俭，更多的是母爱的延续吧！

快递过来的冬笋

　　元旦前夕，因有几张发票急用，大姐特地从老家快递给我。一起快递过来的，还有一捆新鲜的冬笋。那捆冬笋，显然是大姐从老家竹山上挖的。她每年都会挖好几回笋，可挖来后总舍不得吃和卖，要么我们回老家时烧了吃，要么捎到杭城送给我们。

　　我出生在绍兴农村，是吃着笋长大的，不过对它们的价格不甚了解。前段时间，一位表兄嫁女儿，我回老家参加喜宴，一同与席的杭州的表叔说，他们想买一些冬笋，问当地村民什么价格，竟说带壳的要 18 元一斤！我听后才知道，冬笋原来这么贵！

　　当天晚上，我没有返杭，留宿老家。在苏州照顾怀孕女儿的大姐，打电话给母亲，让她去一趟她家里，说冰箱里冷藏着一捆冬笋，是她前几天从山上挖的，让我带回杭城。我阻止母亲去取，说大姐到时可以卖钱。母亲说，你又不是不知道她的脾气！

　　想想也是，对于我们，大姐总习惯于付出。在我的记忆里，我们小的时候，在吃的方面，她总让着我和二姐；在干活方面，她和二姐更是"冲锋"在前。因为有她俩，在十七岁之前，我基本上过着"衣来伸手，饭来张口"的日子，几乎没受过什么累。

　　成家立业后，我和二姐在杭城定居、大姐还是在老家生活，看上去我们比她过得"光彩"，但实际上她"照顾"我们反而更多。特别是逢年过节，我们回老家，由于她嫁在本村，加上父母年事渐高，她承担了招待我们的任务，吃喝不说，还安排住宿。

当然，她乐意这样做。每当那个时候，平时省吃俭用的她，总会买来最好的酒菜，一副"千金散去还复来"的气派。而当我们返城之际，我们两家的私家车里，总被塞满了各种农产品，从瓜果蔬菜到鱼虾鸡鸭，她恨不得把整个家都搬到我们的后备箱。

大姐偶尔也来我们家，但二三年也就一二次。她不是来做客的，而是到城里来打工，顺便送农产品过来，或是新采摘的蔬果，或是刚抓的鱼虾。很多回，她放下那些物品，就匆匆离去；少数几次，在再三挽留下，吃上一餐饭；可几乎，没过过夜。

鉴于劳碌的个性，她免不了有些病痛。那段时间，她会异常焦虑，将病情告知我。她知道，我有几个朋友，是当医生的。我会第一时间咨询那些朋友，然后把他们的判断结果反馈给她，并劝她不要再过于劳累。她嘴里爽快地应着，却从不"改过自新"。

这是她唯一求助我的地方。对于大姐，还有二姐，面对她们的"给予"，我时时觉得愧疚，很多时候，也想着回报她们，可终究有心无力。作为一介文人，生活在这个时代，其实挺尴尬的，不要说去拯救别人的灵魂，自己能过得滋润些已着实不易。

记得，前几年原本居住的社区整体拆迁，我家准备换套比之前大些的房子，还有将近一百万元钱的缺口，大姐和二姐获知，多次主动打来电话，说已为我家预备了钱，让我随时去取，还建议我父母把积蓄全给我家，到时他们的赡养由她们一起承担。

这么多年来，我一直在思忖：如何定义那份情感？此刻，面对大姐快递来的冬笋，我终于找到了答案，它们就如同这捆冬笋，尽管一直被自己忽略价格，然而其价值在所有笋中，无疑是最为昂贵的，特别随着乡村山地被不断"蚕食"，尤其显得珍贵。

可不是吗？当我们收看电视上那些调解类节目，兄弟姐妹为了利益不惜反目成仇的事例比比皆是。在这样的大环境里，大姐对于我和二姐，抑或是大姐和二姐对于我的那种情感，俨然成了冬笋一样的稀缺食品，美味可口且滋养心灵，值得我好好珍惜。

被冷落的蛋黄酥

那天，下班回到家，儿子指着餐桌上的一盒蛋黄酥，说这是他亲手做的，让我品尝一下。我扫视了它们一下，"哦哦哦"地应付着。吃晚饭前，儿子又提醒了一遍，我瞟了一眼它们，说："现在要吃饭了，到时再说吧。"

吃完晚饭，我进了卧室兼书房。儿子似乎还不甘心，在上楼睡觉前，特地来找我，再次提醒道："老爸，我做的蛋黄酥味道不错的，你一定要品尝噢。"我头也不回地说："好的，好的，我睡觉前如果饿了，会吃一个的。"

到了半夜，我忙完活，上洗手间洗漱，路过餐厅时，瞧见了那盒蛋黄酥。估计为了不被我遗忘，它被儿子摆放在了餐桌中央，那塑料制成的包装盒，在房顶 LED 灯的照耀下，正泛着淡淡的蓝光，看上去有一些些落寞。

这时，我想起了儿子的提醒，来到餐桌旁边，端起那盒蛋黄酥，细细打量着它——里面装着两只蛋黄酥，但因儿子第一次制作，形状都不怎么规则，不过从做工看，儿子显然挺用心的，在顶部涂了蛋黄液，还撒着黑芝麻。

在这夜深人静的时刻，端详着这两只蛋黄酥，一种无以名状的感动，突然袭上了我的心头。随之，我感到了一种深深的歉意。对于家庭和孩子，特别是对孩子，纵然我也尽心竭力，可跟妻子相比较，真的深感汗颜。

为了不远离自己的家庭，我曾放弃一份外地高薪工作，然则这么多年过来，虽然除了偶尔出差，我多数时间待在家里，陪同孩子的却都是妻子，她每天洗衣做饭、督促辅导作业、课余培训接送，而我只顾忙自己的活。

记得，今年暑假，有一次，儿子做错了事，我严厉地批评他，没想到他冲着我咆哮道："你从来没有管过我，你有什么资格教训我？"那一刻，我不禁哑然。随即，感到满腹憋屈。是的，我很少管，但不代表没有付出。

我一直认为，作为丈夫和父亲，自己应该还算称职，在这座都市里生活，为了让家人的生活质量，不至于过度低于水平线，我整日忙碌奔波，上班时间暂且不说，就连休息日也总是夜以继日，负重似蜗牛，勤勉如蚂蚁。

然而，就在此刻，面对这盒蛋黄酥时，积淀于我心头的委屈，顿时全部烟消云散，取而代之的是愧疚，我觉得对于我的孩子，自己的付出是很不足的——这么多年来，只参加过一次家长会，更遑论了解他们的所思所想了。

就连这盒蛋黄酥吧，即便儿子提醒了三次，要不是他特意放在餐桌中央，可能也会被我因忽视而遗忘，更让我感到惭愧的是，他这么看重的一份"礼品"，我都顾不上询问由来——是跟妻子学的，还是学校搞活动制作的？

真的很感激我的儿子！尽管我不爱吃会掉渣的糕点，诸如香糕、烧饼、蛋挞之类，当然也包括这盒蛋黄酥，但通过它——12岁儿子的这份劳动果实，不仅让我感受了他的一片心意，更让我对自身进行了一次检讨和反思。

确实，人生在世，无论名与利，随着时间流逝，终将失去光华，唯有亲情如初，足以温暖余生。这正如苏联作家高尔基所言："时间的流逝，许多往事已经淡化了。可在历史的长河中，有一颗星星永远闪亮，那便是亲情。"

第二辑

生活的积淀

木楼纪事

　　我家的木楼被拆除了近三十年，但它总是盘踞在我的梦里，使我经常产生一种错觉：它还存在于我的现实生活里。这也许就是一份乡愁，一份割舍不了的情缘！但对于那幢木楼，我还是坚定地认为：拆除，是最好的选择。因为时光在不断流转，我们没有理由"墨守成规"。而现在，我来讲述关于它的往事，说明废弃并不代表遗忘，有时是一种更好的铭记。

　　我老家所在村，是一个自然村。村前横着一条河，右端通向广阔的田地，那是我们村的"粮仓"；左端绕过村头流去，随即分汊成两条，一条朝着邻村王家，另一条左绕过半个村，流向后面的郑家。在我们村的中间，一条碎石铺就的村道，从村口径直通向村尾，两边散落着十来户人家，我家处于村道末端，一排木楼的最右侧，与后面的郑家分界。

　　那排木楼共有四幢，每幢平均四间屋，分为上下两层，全由木结构贯穿而成，墙是用薄砖砌成的，虽然与那些明清老宅，明显存在着差距，但在我们以前村里，算是比较高档的了。确实，在那个年代，除了那排木楼，还有对面的一幢，其他的住宅，清一色都是平屋，且部分是黄泥垒的，实在没有可比性。当时，我家就跟三爹家，合住在其中一幢里。

关于我们的那幢木楼，不清楚是哪辈建造的。但据说，为了修那幢楼，还断送了父亲的前程。对于那件往事，我后来曾数次听说过，说父亲十五六岁时，有很好的绘画天赋，学校准备保送他去读浙江美院（现中国美院）。那次，祖父家来了七个教师说项，但祖父以"正在修楼，家里没钱，还缺人手"，谢绝了他们的好意，让父亲缀学留在家里削砖。

对于这桩憾事，当我成为写作者后，多次在文章中感叹过，在《老楼，倒了》一文中，当堂姐认为别人家都造了新房，只有她家还是两间平房，想将儿子停学省下的那笔每年近三千元的学杂费建新房时，我曾这样写道："我父亲本来是有可能成为画家的，可修建这间老楼使他失去了那个机会。如今老楼倒了，可那个机会终究不会因为它倒了而再回来！"

在我出生前到九岁的日子里，我家是住在楼上的，楼下住着三爹家。在我模糊的印象里，那个时候楼上和楼下，没有专门的楼梯，上下楼用的是一架木梯，平常上下倒没什么，只是母亲端马桶下来，成了一个难题。曾经有很多次，看着她一手端着马桶，一手紧抓着摇晃的木梯，一步一步小心地跨下来，底下帮她扶着木梯的我，手心总会捏上一把汗。

对于端着马桶下楼的环节，听说曾发生过惊险的一幕。那时我还没出生，尚在母亲的肚子里。有一次，身怀六甲的母亲，又像往常一样，端着一只马桶，扶着木梯下楼，是力气不支，还是其他因素，现在已不可考，反正她连滚带摔，从扶梯上掉了下来。当时，祖父还在，已病入膏肓，听闻之后，急得不行，怕摔坏肚里的孩子。好在我命大，安然无恙。

记得，在祖母未离世前，我很少单独上楼，年龄小自然是一个因素，还有一个重要的原因是，在楼上一间房的墙边，放着一口暗红色的寿材，那是给祖母准备的。虽然我知道里面是空的，但毕竟是一口棺材呀，跟"死"联系在一起的。偶尔，被父母指派上楼取物，一旦爬到木梯顶端，视线超过楼平面后，我总会有意识地侧过脸，不去看那口寿材。

当然，晚上还得睡在楼上。不过，那时全家在一起，已不存在怕的问题。现在回想起来，最让人头痛的，就是它的寒冷。等到我有些懂事的时候，木楼差不多已造了二十年，因为是木头加薄砖组合的，历经那么多年的风吹雨打，自然难免虫蛀、霉变和破烂，夏天还好，到了冬天，西北风长驱直入，木楼几成凉亭，加上盖的棉被千疮百孔，真是冷得要命。

当然，还有雨夜，也让人难以忍受。特别是遇到暴雨夜，整个木楼水流如注，当时我们还年幼，自然无须操心，但父母得调动家里所有器皿——缸、盆、罐，甚至于盘和碗，来接从天而降的水，以免"水漫木楼"，危及家里的器具。所以，碰上那种日子，父母就得昼夜无眠，而我们也会躺在床上，于半梦半醒之间，看着他们的一举一动，熬到天亮。

还有一件事，记忆犹新。当时，我家住在楼上，三爹家住楼下。每年春节时分，家里免不了设宴请客。有一次，三爹家在楼下请客吃饭，正围坐在一起准备举筷下箸，我在楼上蹦蹦跳跳地疯玩，灰尘飘散下去落进了满桌的酒菜里，三妈气冲冲地上来把我批了一通。那次以后，我在楼上玩耍的时候，就自觉地收敛了很多。同时，也明白了一个处世的道理。

而在我的印象中，自己对那幢木楼拥有"私密记忆"，是在三爹一家搬离后。在我八岁那年，祖母离世了，三爹一家迁居广州。整幢木楼，归我家居住，楼下一间当了堆积间，还有一间分成两半，分别当了厨房和客厅，父亲还从里山购来一架宽大的楼梯，将厨房与楼上连通起来；楼上一间房做了父母卧室，还有一间放了两张床，两个姐姐一张，我一张。

在我的童年时期，平时我极少待在楼上，因为露天更具吸引力，可以跟村里的小伙伴，在堆积如山的油菜秆里躲迷藏，在河对岸的竹林里弹麻雀，在村前的那条小河里玩水，在村口那块空地上跳房和翻烟盒……只有到了寒冬下雪的时候，那里才会成为我的"归宿"。那个时间段，楼板已被母亲和姐姐们擦得很干净，我就盘腿坐在上面认真地看连环画。

直到如今，时间流逝了三十多年，我还清晰记得当时的场景：楼上敞开的木窗外，雪在不断地飘舞，宛如翻飞的鹅毛，在半空打着乱仗，渐渐覆白矮房的顶。父母和姐姐们都不在家，楼上一片静寂，唯能听到雪落于瓦的声音，我盘腿坐在梯板上，身边堆放着十几本连环画，其中一本摊放在双膝上，因为还没上过学，认不得几个字，端详着上面的画……

后来，当我回忆过往，始终确切地认定，自己的文学启蒙，应该就源于那时。而跟读书相关的细节，在木楼还发生过一些。特别值得一提的是，在我读初中的时候，当村里都还没电视机，父亲从广州买回了一台，放在他们的卧室里。于是，村里的不少人，吃过晚饭，就涌到我家来看。但我控制着欲望，没去看过一次，关在房里读书，赢得过村人的赞许。

在木楼里，还发生过一个闹剧。那时，我大概读初一，初冬的一天，家里吃菱角，我将一只老的，挖空里面的肉，晚上躺在床上，当作笛子吹奏。第二天，村里在疯传，说我家隔壁婶婶，丈夫在外打工，儿子还在襁褓中，夜里正挑着毛线，突然听到鬼叫，顿时吓得不行，连灯都来不及吹，爬上床钻进了被窝。我听了，说昨晚自己在吹菱角，于是真相大白。

关于木楼的陈年旧事，自然还能讲出很多。但说句老实话，居住于木楼里的日子，并没有想象的那样美好，特别当村里风行建楼房时，那种感觉尤其强烈。深深地记得，当村里第一幢楼房建好，我们怀着看好奇的心态，去那户人家参观时，看到那宽敞的房间，雪白的四壁，光洁的木地板，漂亮的顶灯，"早日拆除旧楼，尽快兴建新房"便被提上议事日程。

　　后来的几年里，我家为此而"奋斗"。等我读高中的时候，那幢存世了不知多少年的木楼，终于被彻底拆除了。我们利用它的地基，以及周边的空地，重新建起了一幢新楼。那楼房也是两层四间，整个儿方方正正，虽然看上去并不美观，也谈不上有多考究，但比木楼高大许多，更须指出的是，它的四壁密不透风，冬天不怕风吹雨打，夏天不怕蚊虫叮咬……

　　时光荏苒，过去了近三十年。现今，随着"美丽乡村"建设如火如荼地进行，那些曾遭废弃的古建老宅，重新被"打捞"了起来。当我对相关专家学者讲述我家曾有过一幢木楼时，对方表示出无与伦比的惋惜，他说："如果现在还在，就是一种乡愁！"然而，我不以为然。其实，作为一种乡愁，未必要现存于世；只要它能被我们时时念想，也就可以了。

充满乡愁的脚屋

离开地处农村的老家，已经二十多年时光。为了生计而疲于奔命，回去的次数并不多，一年也就三四回吧。然而，每次回老家去，总爱在脚屋里看看，用手机拍几张照片，在微信朋友圈晒晒。而每次晒微信朋友圈，总能引来无数的点赞。

写到这里，必定会有读者问："你家的脚屋很独特？"

我想了想，好像不是。它们就是那种常见的矮屋，位于居住的楼房左侧，三四间排列在那边，用废弃的薄砖砌成，屋顶呈"人"字形，盖着灰色的瓦片，每间都在一人多高，四五个平方米的面积，里面堆放着农具和杂物。

是的，就这么普通。

但是，细想了一下，又仿佛有些独特。为什么这样认为呢？因为我回老家那几天，空闲下来，也会去村里转转。发现那个百来户人家的村庄，到处都是耸立的高楼，像我家那种脚屋，零星还有一些，但悉数破烂不堪，能保存如此完好的，还真的比较罕见。

为此，我老是跟父母开玩笑，说那几间脚屋，等村里搞"乡村游"了，可以让学室内设计的外甥女炀炀改造一番，打造成茶室、咖啡屋，雨雪天的时候，在里面品茶饮酒聊天，通过尺方的小窗，坐观雨雪飘飞，再配点优雅乐曲，倒也情趣无限。

其实，类似于那样的农舍，我在前些年里，由于工作的需要，在各地农村走访时，遇到过好多，绝大部分都成了"景观"。要说它们的"自身条件"，不会比我家的"高档"；所处的地理环境，也不见得有我家的"优越"。只是，我们的村庄还没被"开发"，它们只能"待字闺中"。

不过，这没关系。只要它们能存在着，足以让我欣慰了。

的确，随着时代的发展，一切都在快速变迁。就我个人而言，两次赴杭工作，居住过的三个处所，在短短二十年时光里，出于整体搬迁所需，均已消失殆尽。就算目前的住所，虽然居住时间不长，也随时面临拆迁。

对此，我的一位朋友，曾如此感叹道："居住在城市里，不管有房还是无房，我们都在流离颠沛，没有一个处所，能让我们真正扎下根的。我们背井离乡数十年，真正的根还是在农村，在我们老家那个村庄。"

说的也是，回忆每一个梦境，只要涉及老家的，场景总是在脚屋里。那些脚屋，曾是我们的主屋。在那里，我度过了童年和少年。它们之所以沦为脚屋，是后来我家建了新楼。而现在它们能保存下来，应当归功于父亲。

提到我的父亲，与其说是一个普通农民，我更愿视他为乡村艺术家。少年时代的他，凭借着绘画的天赋，被推荐保送到浙江美院，也就是现在的中国美院，然则家境的贫寒，加之其他因素，最终让他错失了良机。

之后，父亲没再接触过"艺术"，可那种与生俱来的气质犹在。当我家的那些脚屋，由于新楼的建造，而近乎于坍塌之际，他承担起了建筑师的角色，让母亲当帮手，动手修缮了它们。

他的独特之处在于，没有学过一天建筑，修缮好的脚屋，纵然墙面并不平整，细看每一处，却是那么别出心裁——比如，他曾将墙身涂成了天蓝色，将柱子漆成了灰色；又如，有几个墙面还挖了小小的壁洞；还有，每间脚屋的角落，都堆放着石器，那是人家丢弃后，被他捡回的。

他所做的一切，在农村人看来，是那么匪夷所思。但恰恰是这些，让我家的那些脚屋，不同于普通的农舍，充满了乡土的味道；也恰恰是这些，让我每次回家，总会走进那些脚屋，静静地伫立着，感受乡愁的气息。

写到这里，我非常感恩父母。他们修缮的那些脚屋，对于他们自己而言，不过是用来堆放农具和杂物的；可是对于我来说，具有非凡的意义，鉴于它们的存在，使我这个居住在城里的"外人"，时常意识到自己是有"根"的。

"赔书"记

俄罗斯文学家列夫·托尔斯泰在《安娜·卡列尼娜》开篇写道："幸福的家庭都是相似的，不幸的家庭各有各的不幸。"套用那句名言："作家家里最多的东西都是相似的，非作家家里最多的东西各有各的不同。"那东西，即为书。

作为一名写作者，我家的情况也不例外。在面积不大的住宅里，摆着五个大大小小的书柜，里面横竖挤压着书。除此，好几个墙角，叠满装书的纸箱。在老家的书房里，尤其如此，书柜、书桌、床上和地面，密密麻麻堆着的都是书。

提到藏书，作家对它们的感情都是相似的，但第一批的来源各有各的不同——有的家传的，有的赠送的，有的购买的，也有的是从公家单位白拿的（不久前，我网购了几本书，每本扉页均盖有某图书馆的章），甚至还有的是偷来的。

不过，我的第一批藏书——其实，也不能算是一批，只是几本而已，由于时间久远，已忘却了它们的书名，只依稀记得那是几本世界名著。然而，对于它们的由来，因为比较特殊，还差点酿成了一桩冤案，让我一直铭记于心。

那时，我刚读高三，爱上了写作，梦想成为作家。那个时期，校园里掀起一股阅读热潮，很多报刊因此创下了发行辉煌。

而我们学校所在的小镇，虽然开有一家新华书店，但所售图书几乎没文学类的，校图书馆的藏书便成了抢手货。

鉴于我们学校规模不大，图书馆也就相对落后，书的品种和数量少暂且不说，摆放的柜架也极其简陋——部分心怀不轨的同学，只要把书放倒在底板上，就能从玻璃档板的底缝里抽走。可以这么说，当时学生窃书的现象较为普遍。

作为一名文学初学者，我对文学图书的渴求，应该说比其他同学强烈。但是，一贯严厉的家教，让我深知窃书之耻。那如何正当地拥有它们？我的做法很简单：借来心仪的世界名著，谎称不慎遗失，赔钱给校图书馆，将其归为己有。

现在回想起来，颇觉不可思议——按照我们学校当初的规定，读者要是丢失了所借图书，只需要按图书的定价赔偿。而那些世界名著，出版时间较早，所定的价格极低，平均每本 1 ~ 3 元，跟市面上的新书相差甚远，这让我乐不可支。

于是，在那一两个月的时间里，我自虐式地省吃俭用——每餐的菜，均为真空包装的榨菜，每包榨菜最少吃两餐，父母给的每周 5 元的菜钱中，总会"克扣"出至少 2 元，用来赔偿那些谎称遗失的书，变着法子拥有了几本世界名著。

可是，好景不长。如此反复了几回，有一次再去"赔书"时，那位老眼昏花的管理员，眼看图书被越偷越少，正怒火攻心，见我三天两头丢书，就不分青红皂白，指认我有偷书的嫌疑，并将此事告知了她的丈夫——学校教导处主任。

那情景，犹如在某个路口，一位交通管理员，眼睁睁看着一批骑车的人，有的闯过了红灯，有的正在闯红灯，还有的停在了线外。他分身无术，怒气冲冲，逮不住闯红灯的，就顺手抓了个越线的。而我呢，正好成了那个"倒霉蛋"。

当天，我正在上晚自修，班主任就来找我。他了解情况后，拍拍我的肩膀说，我相信你不会干那种事。第二天晚自修，学校政教主任——我高一的化学老师，也来询问此事。听了我的讲述后，他说我深信你的品行。最终，不了了之。

之后，为避免惹火烧身，我不再去"赔书"，但对书的"热度"，未曾"消退"过。在后来的岁月里，不管手头如何拮据，我总会挤出一些钱来，购买心仪的图书。久而久之，购书、饮酒、喝咖啡，成了我的"三大生活习惯"。

如今，随着时代的变迁，经济条件的改善，图书业的崛起，对于我们大多数人来说，已用不着为买心仪的书而颇费周折，也无须为积存买几本书的钱而省吃俭用，我们需要操心的恰恰是——买了那么多书，堆放在家里，孩子们不爱读！

特别是近些年，手机阅读的兴起，加之日常事务繁杂，有时一本书放于床头柜好几月不去翻动，有些书买了好几年一直闲置着没有启封。每当那个时候，我总会回忆起"赔书"的过往和受冤的风波，一种莫名的惆怅和愧疚便涌上心头。

一支消失的钢笔

我有一只铁制的蛋糕盒，里面收藏着不少笔，有钢笔、圆珠笔、铅笔，有些是以前用过的，有些没有开封过。看着这些不同类型和款式的笔，我不禁想起高中时用过的一支笔，原本它也应该在里面的，可遗憾的是，在我读高三上半学期的时候，它突然消失了。那是一支普通的钢笔，我为什么要将它铭记于心？缘于它牵连着我的一段过往。

那支钢笔是我大姐夫作为礼物送给我的，算不上很贵。当然，这不重要。重要的是，它承载了一种情感。接受了它，我带去学校，在课堂上用。当时，我已爱上了文学，而我前排有位同学，痴迷于硬笔书法，我们平时交流颇多。有一回，他跟我说，我的那支钢笔，他写起来很舒服，能否转卖或换给他？我说，它是我大姐夫送的，没有同意。

事情，就这样过去了。它似乎没影响到我俩的关系，我们还像以前一样无话不谈。然而，过了没多久，有一天下午放学前，我发现那支钢笔不见了。我问那位同学，是不是他在用？他矢口否认了。我暗想，可能某位同学拿错了，便在上晚自修之前，提前来到空无一人的教室，弓着腰一排挨着一排，朝每张课桌的桌兜张望，以期找到那支钢笔。

　　结果，令人失望。于是，我就判断是那位同学拿的，尽管没有任何证据。原因是那年是 1990 年，我们那边的生活条件已经普遍不错，没有同学再会稀罕一支普通的钢笔。而那位同学的做法，虽然我认为很不妥，但并未因此疏远他，更多的是对他的理解，甚至后悔自己当初不应该拒绝他的请求。为此，接下去的时间里，我们依旧友好如初。

　　可意想不到的是，当天晚上发生了一个失窃事件。第二天早上，好几个班的同学反映，放在寝室和教室里的钱失窃了，其中包括我放在衣袋里的五元钱。这下，我对那位同学是否拿了我的那支钢笔的判断变得不确定起来，开始怀疑或许是那个小偷在行窃时顺手将它拿走了。于是，学校统计失窃财物时，我将五块钱和那支钢笔一并报了上去。

　　好几天过去了，失窃事件毫无进展，却出现了一个传闻：当天晚自修之前，有一位老师路过我们教室，看到有人在翻桌兜。这次的传闻，与其他传闻不同，它传进我耳朵时，不是公开化的，不是透明的，而是朦朦胧胧的，甚至是神神秘秘的。换句话说，它在传播的时候，显然刻意回避着我，但又不想轻易绕过我。所以，最终还是让我得知了。

　　我听了，不禁大吃一惊！很想立刻去澄清。可我又向谁去解释呢？因为没人明确告诉过我，我成了失窃事件的怀疑对象。应该说，那段日子于我是极度黑暗的。几乎没几天的时间，我便成了"孤家寡人"。更可怕的是，他们看我的眼色，一律变得诡谲怪异；他们有意背着我，不断地窃窃私语；他们对我的态度，也不再友善，开始变得恶劣。

　　在这样的日子里，煎熬了将近两个月，临近期末的当儿，又发生了一次失窃事件。令我欣慰的是，这次的行窃者，被抓了个正着。据说，不是一个人，是三四个人联合作案，系低年级学生。根据他们交代，上次的失窃案，也是他们所为，并坦白窃得的数额。很快，学校让他们退赔。退还给我的，只有五块钱，没有那支钢笔，因为他们没有窃物。

终于，对我的所有怀疑风吹云散，一度疏远的同学恢复亲近，包括那位热爱书法的同学。而那支已经消失的钢笔，我重新认定是那位同学所为。刚开始的几个月，我多少对他心怀怨恨，认为如果他不拿笔，我就用不着去寻笔，就不会晚自修前独自去教室，就不会对每一张课桌的桌兜张望，也就不会被路过的老师怀疑，更不可能深陷到那个传闻里了。

然而，随着时间的流逝，我慢慢地释然了，只希望他能更加执着地追求梦想，有朝一日成为书法家。我想，唯有这样，那段过往，即便痛苦，也算有了补偿。高中毕业后，为了梦想，我背井离乡，辗转于杭穗绍，最终在杭城定居。而在这漫长的人生旅程中，我总不忘打听他的消息。可是，让我失望的是，直至今日，他在书法艺术上依旧一无所成。

欢乐的口哨

　　我在杭州的第一份工作，是跟着大姐夫做室内装修，那年我虚岁21。虽然每天拉锯、刨料、凿眼、钉钉，但从内心非常抗拒那份活儿，我期望自己能成为一名作家，把做室内装修视作是对生活的体验。我是这样想的，也是如此践行的。我没有去掌握更难的技术，几乎把全部心思花在了写作上。

　　回首往昔，不得不说，当初的我对写作还是非常用心的。那段时间，因为要赶装修的进程，我们每天从早上9点干到夜里11点。等到收工了，大姐夫洗好身子就睡觉，而我还要阅读和写作。值得一提的是，当时我们帮人家搞装修，吃住都在工地，没有任何家具，在地板上摊一张席，就当作床。

　　就这样，几乎每一个夜里，我就趴在铺于地板的席子上，伴随着昏暗的灯光，在大姐夫呼噜的包围中，孜孜不倦地阅读和写作。也曾有很多个夜里，我读着、写着，由于白天的劳累，自己困乏地熟睡过去。等到第二天醒来，发现自己的脸不经意"埋"在那翻开的书本抑或是摊着的方格纸上面。

　　记忆深刻的是，当我们为建国南路一沿街房装修时，房东是一位无比热衷于书法创作的爱好者，但他的正职是在某医学院从事行政工作。跟我后来认识的书法界朋友不同，他有着一个特别奇葩的怪癖，就是每次作品获奖、入展、入集，总要给那些证书配上木制的镜框，在自己家客厅的墙上悬挂起来。

我们给他家装修的那段时间，那个房东三天两头拿证书过来，让我大姐夫给他制作镜框。有一次，我们不知干吗，去了一趟他家里，发现满墙都是镜框，队形非常庞大，不禁让我联想到宗祠里整整齐齐的牌位。经年之后，我在写作上搞出了些名堂，也经常莫名收到那类领证通知，都是需要花钱买的。

可让我愤愤不平的是，就是这么一位"人物"。他第一次见到我时，故作惊诧地问："这人是谁？"我大姐夫说，是我舅佬，来帮我干活。他不由得笑了，说："'四佬儿'也来搞装修！"我大姐夫赶紧解释，说我舅佬喜欢写作，已发表过好几篇文章。他听了，不屑道："哈，搞装修的也想当作家了！"

那个时期的我，无知者无畏，觉得自己才高八斗，却怀才不遇，沦落到在城里干体力活。而这一切的依据：我是老家村里屈指可数的高中毕业生，在当年升学率极低的农村，算是一个"高材生"。从读高三起，我在县文联办的文艺报上，发表过几篇"豆腐干"。被房东那么一轻视，更是喟叹命运的不公。

然而，就在那个时候，我突然留意到，几乎每天夜里 11 点多，我刚趴到"床"上时，总会有一阵欢快的口哨由北往南沿建国南路传来，紧跟着的是一路由远及近的"丁零当啷"声，显然那是一辆破得不行的脚踏车。而它的主人，就是那个吹口哨的人，每天深夜，吹着口哨，骑着一辆旧脚踏车回家。

第一次听到口哨，我就觉得那人吹得真棒！虽然，之前我也听人吹过口哨，但从未听过那么专业的，那简直是天籁之音！起初，我认定他一定是一位口哨吹奏家，但随即推翻了自己的结论。是呀，怎么可能呢！如果真是一位口哨吹奏家，哪里还会这么晚下班，甚至骑着一辆破烂不堪的脚踏车呢？

于是，我猜测他可能只是一位民工，跟自己一样的民工，每天干着体力活，到了深夜收工了，骑着一辆脚踏车回家。但他热爱吹口哨，就像我热爱写作一样。想象到那里，我突然有了一种惭愧。是的，是惭愧！他吹得那么棒了，也没成为吹奏家，而且还能吹得这么欢快，我又有什么理由可以愤然呢？

不久，那幢沿街房的装修完工了，我和大姐夫"转战"它方，从此再也没听到过那人的口哨。但那欢快的口哨，在之后的二十多年里，总会穿越漫长的时空，时不时地回响在我的耳畔，特别当我遭遇不公深感不平时，它就会抵达得更加频繁，轻轻地抚平我心头的愤慨，让我整理行装重新出发……

宁静的"小站"

23岁那年，我去广州打工，第一个单位是一家商店，位于城乡结合部。那里，尽管谈不上脏乱差，但也好不到哪儿去——车声喧闹、人员混杂。我当时的工作，是仓管兼搬运，加班是常态。自然，偶尔也有不加班的，于是捧上一本书去"小站"。

真正的小站，是一个列车货运站，离我们商店约莫200米。可我去的"小站"，是站外的一个处所，离站不到50米，那是一块狭小的空地，呈现一个月牙状，正前方是满地的铁轨，背后和两侧靠着一排矮屋——可能是货房，也可能是职工宿舍。

广州那个地方，虽说冬暖夏凉，可一进入秋季，风刮得挺厉害，在露天还是凉飕飕的。我不清楚室内情况如何，反正守在商店门口，就有这样深刻的感受。而站外那块空地，我们还是叫它"小站"吧，被那排矮屋"拥抱"着，抵御了风的"围攻"。

记得，我去广州是过完春节后，可发现那个"小站"时，已是初秋了。我之所以能与"小站""邂逅"，不外乎两个原因：一、那时我居住在商店集体宿舍，无比嘈杂，没法静心阅读；二、它离我们商店较近，我有次去送货时，意外发现了它。

"小站"最大的特点，就是宁静。那种宁静，自然无法与深山老林比拟，但没有步履匆匆的路人，没有穿梭不息的车流，把城市的喧嚣撇到了一边，只有偶尔驶过的货车，伴着一两声长鸣，"轰隆轰隆"由远及近，缓缓驶入站内，然后复归静寂。

应该说，发现"小站"前那段日子，是我人生的最低谷，在那座繁华的都市里，我宛如一只渺小的蚂蚁，爬行在社会的最底层，每天机械地干着体力活，日复一复地挨着日子，望不见自己的路在哪里，觉得前途一片渺茫，心灵上的苦闷无法诉说。

是"小站"的那份宁静，缓解了我心头的焦虑。如今，我已记不清曾去过多少次"小站"？可记忆犹新的是，每次去都是傍晚时分，拿着一本近期阅读的书，独自来到那块空地里，坐在"月牙"内弧的中心，沐浴落日余晖，静静地阅读……

不过，我在"小站"的时间并不长，大概也就一个秋季吧！随后，我换了一家商店干活。新的商店没有集体宿舍，我便住到了三爹家里，与堂弟共处一室。堂弟正在读大三，习惯于图书馆晚学，他的房间几乎归我所用，我极少再去那个"小站"。

到了第二年暮春，我被一家杂志社录用，做起了文字编辑，从此结束了苦力生涯，无论上班还是下班，都有足够的空闲时间，在安静的房间里阅读，"小站"相对于我，恍如完成了"历史使命"，彻底退出了我的生活，成了我人生的一个"节点"。

在后来的岁月里，我离开广州到了杭州，再从杭州回到绍兴，又从绍兴来到杭州，一路不断地辗转，虽不必再为安静阅读犯愁，内心却不时被世间纷杂充塞。那个时候，"小站"就会油然在我脑海浮现，让我的情绪逐渐平复，从而泰然地去面对一切。

写到这里，有读者也许会问，那"小站"现在怎样了？其实，辞别"小站"20年后，我又去过一次广州，那年我的三妈病逝，我们一帮亲戚去奔丧。在广州的那三天里，我虽然惦记着"小站"，但终究没有成行，由于内心的悲痛，加之时间的紧迫。

　　然而，就算那次我能成行，想必也看不到"小站"了。随着城市日新月异的变化，相信它早湮灭在旧城改造中。当然，这已不再重要。因为无论"小站"在与不在，都永远驻扎在了我的心里——它静默地伫立着，洒满着落日余晖，没有风的侵袭……

"害怕"的隐性激励

　　作为一个土生土长的农村孩子，我觉得自己跟村里那些同伴，存在着明显的差异。比如，他们很小的时候，就能在田埂上飞奔，但我每次走在上面，都像是踩钢丝似的，还时不时会掉到田里。又如，每次帮家里挑井水，从井口到家里，他们总能稳步前行，路上只溅出一点点水，而我呢，在井口时，两桶水都是满的，一旦到了家里，各自只剩下了一半。

　　其实，不光光是这些，我还特别害怕"触"。"触"是绍兴的方言，其意介于"刺"与"痒"间，更确切地说，是因"刺"而引起的"痒"。记得，我每次打过稻，就浑身奇"触"，几乎忍无可忍，必须全身洗刷一番，才能消除折磨。可当时，农村没条件装热水器，更不要说浴室了。要想洗刷，只得跳进河里。夏天还好，遇上秋天，冷得不行，很容易感冒。

　　而更奇葩的是，对田里的一切生物，我都感到害怕。蚂蟥，自然不用说了，当发现它们叮在腿上，我总会失声尖叫，吓得父母或姐姐们以为被蛇咬了。就算是田鸡（蛙的一种），我也不敢触碰。记得那时，每次插秧归来，田埂上满是田鸡，它们匍匐着哇哇鸣叫。我害怕踩着它们，总会怯步，并不停地跺脚，等把它们吓得都跳到田里，才继续前行……

　　这所有的一切，让父母显得忧心忡忡，他们总是告诫我：

"你呀，不是干农活的料，只得好好读书。如果书都读不好，那就真的完了。"我自己也时常担心，如果书没读好，以后当了农民，那该怎么办？由于这种"害怕"的驱动，我在学习上比同伴们努力，成绩也比他们出色得多，成了我们那一届初中毕业生中，全村仅有的两名考上高中的学生之一。

读高二的时候，由于之前种种不可抗拒的医素，我自知要考上大学已成奢望，但又害怕毕业后与农活为伴，便开始了练笔生涯，企图用写作改变命运。高中毕业，我重返农村，虽然父母没半句怨言，但从他们的眼神里，我看到的满是失落和担扰。而我自己，对前途也多少感到一些惶恐。好在，当时的农村，"面朝黄土背朝天"已不再是单一的劳作方式。

我先进了当地一家工厂，之后跟随大姐夫去杭州，再回老家新办的陶瓷厂，接着背井离乡去广州，后来又辗转于杭州与绍兴两地，最终选择留在杭州。我的职业，也不断变动：水洗工、室内装修工、工艺配方员、仓库保管员、文字编辑、打字店老板、文联创编员、杂志社记者、网站编辑……我一边从事着不同职业维持生计，一边努力阅读、思考和写作。

到了 2005 年，虽然已在城市生活了 14 年，但我还是隐隐地担忧有一天会突然被"遣返"农村。为了彻底消除那种后顾之虑，我企求能"农转非"。经过一番周折，于 2006 年底，凭借文学创作上的成绩，被评定为"文学创作二级"（俗称"国家二级作家"）的副高职称。到第二年 4 月，只有高中学历的我，终于奇迹般地落户杭城，从此摆脱了"农民"的身份。

在最近的十多年里，我被包装成了草根逆袭的典范，数次为不同媒体宣传和报道。当被问及"成功"的奥秘时，我总会扯上高大上的"理想"。而实际上，一切皆源自"害怕"。虽然，作为职业而言，只有喜欢或适合与否，并无贵贱与好坏之分。但在这里，我想说的是，"害怕"有时并不是坏事，它可能会成为一种动力，激励你不断前进抵达向往的处所。

"炒米换笔盒" 的警示

关于我和二姐的童年往事不胜枚举，但每当我们团聚时刻"忆苦思甜"，那个"炒米换笔盒"必定是"保留节目"。而每次结束回忆，我们总会互开对方的玩笑——我说她曾经是一个"骗子"，她称我小时候是一个"傻子"。

我出生于二十世纪七十年代初，那个时期中国农村普遍很穷，我家自然也不例外。可以这么说，像我那种年纪的孩子，我们的整个小学时代，几无什么零食可吃，像我这样的家庭，吃得最多的无非就是炒米——盛升把米，放上些许糖精，在锅里炒熟。

在我的记忆里，还没上小学前，"炒米"这样的零食，母亲每月会做一次，每次炒三小碗的样子。这三小碗炒米，就每人一碗，分给我们三姐弟——我和两个姐姐。之后，我们就将分得的那碗，各自找个地方藏起来，吃多吃少便由着自己。

不过，我的那一碗，每次总有半碗，是给二姐吃去的。是不是自己对二姐特别好？其实不然。那又是为什么呢？因为二姐有只漂亮的笔盒。二姐比我大三岁，那个时候，她已读一年级，成绩比较优秀。那只笔盒，是她评上三好学生的奖品。

当时的我，虽然还没上学，但对铅笔、橡皮这类文具，保持着无与伦比的偏爱。记得，有一次，父母很难得地带我去了一趟城里，村里其他孩子嚷着要吃要喝，可我竟然要求买一块橡皮或一支铅笔。可想而知，二姐的那只笔盒，对我具有多大的诱惑力！

然而，小时候的二姐，算不上是慷慨之人。尽管我对那只笔盒"垂涎三尺"，但她绝不因此"无私奉献"。只有在每次分了炒米后，她自己那碗已吃光，而我的只吃了一半时，她才拿着那只笔盒，不时地在我面前"招摇"。

显然，那个时候，我经不住诱惑的。这时，她会趁虚而入，欲言又止地说："你要我的笔盒可以，不过……"我还没等她说完，便急不可耐地追问："不过什么？"于是，她就堂而皇之地提出：拿我那半碗炒米，跟她换那只笔盒。

结果，不难想象。尽管我对那半碗炒米是那么依依不舍，但终究敌不过那只笔盒散发出的无穷魅力。可让我意想不到的是，自己对那只笔盒的"占有"，一般不会超过两天时间，二姐的理由总是很充分："我没说给你呀，只是让你用几天的。"

那个时候，我纵然有百口，也难以辩赢——因为我的那半碗炒米，已落进了二姐的肚里，而我们当初交易的时候，根本没立下任何凭据，也无人在场证明，一切都成了糊涂账。而令人啼笑皆非的是，那样的情景，不止发生过一次，它一直不断地重演，直到我读小学。

当然，光阴荏苒，等我们长大成人后，二姐一改儿时的小气，变得非常大方，在我成家立业之前，数次手头拮据之际，她总是慷慨解囊，资助我渡过难关。不过，那件"炒米换笔盒"的往事，还是印刻在我们的记忆里。

而在这"骗子"和"傻子"的长期互称中，我们不知不觉地从不同角度吸引了经验教训，直到如今，当我们双双跨过不惑之年的岸堤时，从事服装经营的二姐，总是以诚信为本，将生意做得顺风顺水；而我在漫长的文字生涯里，始终以契约为重，几乎没上过一次当、受过一次骗。

"炒米换笔盒"这件往事，对于我和二姐而言，或许只是童年时期的一个游戏，但它以一个负面案例的方式呈现，不断地被我们重提和强化，于无形之中给了我们诸多的警示，甚至于影响了我们的整个人生，这也许是完全出乎我们意料的。

餐桌下的"暗动作"

　　每当碰上孩子霸食的时候，我总会第一时间想到大姐，想到孩提时一家人吃饭的情景，以及在餐桌下的那些"暗动作"。但随着时光的流逝，到了眼前这个丰衣足食的时代，那些"暗动作"，或许已没存在的必要，可它留给我的影响，却历久弥新，不可估量。

　　我在家排行老小，上面是两个姐姐，大姐长二姐一岁，比我大四岁。尽管大姐比我们只大了一丁点，但确实要比我们懂事很多。那个时候，父母整天忙得天昏地暗，从某种程度上而言，大姐几乎替代了父母的角色——照看我们的生活，教导我们如何做人。

　　不过，在对我们的教导上，当年十岁左右的大姐，自然说不出什么大道理，可她总是通过身体力行，来告诉我们：哪些事情可以做，哪些事情不能做，哪些事情要怎么做。正是因为她那般以身作则的教导，让我们懂得了一个小孩应遵守的所有"规矩"。

　　在这些"规矩"中，最让我印象深刻的，莫过于餐桌下的"暗动作"。出生于二十世纪六七十年代的人都清楚，在我们的整个童年时期，农村普遍处于贫困的境地，一般人家能吃上猪肉的机会，一年估计不会超过四次。所以，每当有好一些的菜肴上桌，那些"暗动作"就会不断发生。

其实，那些"暗动作"，做起来非常简单，就是大姐在我们将筷子伸向那些"美味佳肴"时，用自己的脚尖暗暗地触碰我们的小腿，以此提醒我们"手下留情"，留一些给含辛茹苦的父母。如果我们依然我行我素，她那触碰的力度和频率会随之加大，直到我们彻底"醒悟"为止。

记得，当时我家因为养着一只母鸡，平常时不时能吃上一碗"打鸡蛋"。但每次吃"打鸡蛋"的时候，我们三姐弟主动吃的数量，往往不会超过三分之一。而这一切，都是餐桌下的"暗动作"，在默默地起着作用。直到最后，父母见我们总是不吃，只得每人一勺，分到我们的饭碗里。

餐桌下的这些"暗动作"，持续到我读小学三年级，后来就再也没有出现过。它的最终"谢幕"，缘于我们已养成了礼让的习惯，不再需要通过它来提醒。但也正因为大姐发明的这些"暗动作"，让我们三姐弟在村里赢得了好口碑，直到现在依然是村人称颂的"孝顺子女"。

由于深受餐桌下的"暗动作"的教导，在我的整个小学时期，一年一度的国际儿童节，当我从学校分到零食后，从来没有"独吞"过。尽管那些平时罕食的糖果，对我充满着巨大的诱惑，但我总能经受住严峻的"考验"，将它们带回家里，与父母和两个姐姐分享。这不仅仅局限于我，两个姐姐也不例外。

当然，这只是小的方面。从大的方面来说，餐桌下的那些"暗动作"，在我后来的成长过程中，同样无不浸染到我的思想里。特别是走上社会后，每当在"利益"的面前，我总首先想到别人的付出，始终保持一种礼让的姿态，绝不会自私自利，更不会不择手段地强取豪夺。

更值得一提的是，就在此刻，写这篇文章的时候，我尤其深切地感受到，餐桌下的那些"暗动作"，看似无比简单而浅显，但实质上蕴含了极深的道理，它告诉我：这个世界不属于你个人，只有你懂得与别人分享，它才能让你拥有更多，否则等待你的只会是众叛亲离、颗粒无收。

考量与抉择

　　那年冬季，那种病突然入侵我家。作为我家的首位患者，妻子是在单位被同事传染的。她开始出现症状，在周六的早上，因前一天所做的核酸报告未出，不明确是否那种病，但她自己已有所感觉，为了避免传染给我们，便一个人隔离在琦琦房间，由我负责送水、送餐。到第二天傍晚，核酸报告依旧未出，她赶去医院检查，最终被确诊。

　　虽然那种病毒已是"强弩之末"，我无数次听说，目前它对于人类已几无生命威胁，不过是一场类流行性感冒而已，但真的降临在妻子身上，还是感到前所未有的担忧，毕竟这是我们第一次与其"交涉"，尚不清楚它的"秉性"。当夜，我辗转难眠。翌晨，妻子告知，虽浑身难受，但并无大碍，便放下心来。

　　这天，由于妻子已确诊，我和聪聪作为密接者，按规定分别居家办公或上网课。而前一天晚上，刚从云大回来的琦琦，负责全家的伙食。意想不到的是，当晚，聪聪也出现了症状——体温升高、头晕。妻子尚与那种病"较量"，聪聪又"中招"，我的心头再次沉重。可就在当夜，我自己也产生了不良反应——浑身发热，遍体酸痛，四肢乏力，头晕脑涨，慌梦乱飞，夜不能寐。

　　次日，琦琦承担起了照料我们的责任。到了傍晚，休养近四天的妻子，症状有所减轻，起床打理伙食和家务。可意想不到的是，当夜，琦琦也不幸"躺倒"，症状与我们的如出一辙。这也就是说，在短短四天内，我们全家均成了那种病的"俘虏"。好在妻子已开了先例，佐证了其病情确如网上所言——虽然症状因人而异，但终究没有本质的差异，免于让我们深陷恐慌之中。

之后几天，我基本在床上度过。妻子、聪聪、琦琦因高烧超39℃，均服用了退烧或清热解毒的药。我的腋下体温最高只有38.2℃，所以没服用任何药，只喝比平时多一些的开水，以及姜汤。好几夜，由于酸痛不适，无法入眠，便提醒自己，明天得吃一些清热解毒的药。到了第二天早上，痛感消失，便又坚持不服药。其实，从我的内心，希望用自身的抵抗力去征服那种病毒。

病了将近一周，我们身上的症状，都在不约而同地消退。但不得不承认，那种病的感染力和对患者的折磨程度，确实比普通的感冒要厉害——不适感强，周期长。记得，在我家被感染的前几天，我在好几个微信群参与讨论过"防控"的问题。当时，我是旗帜鲜明地支持"解封"。而经历了全家被感染的风波后，我依然坚定不移地坚持自己的观点。

应该说，对那种病的持续"防控"，于我们全家的工作、学习、生活，都未曾受到实质性的影响。如果没有"解封"，可能还不会这么轻易地被感染。然则，佛家有云："度人先度己"，我不是佛家子弟，可作为一名写作者，虽谈不上"心怀天下"，但至少也崇尚"人性至上"。以我们短暂的病痛之苦，去换取更多人的生存机会，何尝不是一种莫大的功德？

行笔至此，读者或许会感到迷惑："你提到的那种病，为什么不注明名称？"其实，我有意没注明，无非想表明：面对某类"病"，当我们有多种选择时，该如何去考量？该如何去抉择？而我这里所指的"病"，不仅仅局限于当前流行的那种病，还可能是未来暴发的每种瘟疫，甚至于它不只是狭义上的病，而是所有人类社会的灾难。

烤牛肉的熟度等级

　　最近，外地读书的琦琦在本地一家烤肉品牌店留言，赢得了一份"霸王餐"。这个周日的晚上，我和妻子还有母亲去那家店就餐。服务员端来一盘生牛肉，问我们："请问烤几分熟？"母亲没吱声，我与妻子异口同声地说："烤熟点就行。"

　　记得，十六七年前，我第一次吃烤牛肉，是一位高中同学请客。她父母中的一位是知青，她从小在这座城市生活，高中毕业后回到这里，创办了一家外贸公司。等我最近一次来这里打工，与她再次见面的时候，她的外贸公司已颇具规模。

　　那次，她请我在一家高档餐厅吃韩国料理。服务员问我们牛肉要烤到几分熟，我不知所以然。这时，同学向我解释了烤牛肉的熟度等级。我困惑地问："吃个烤牛肉要这么多讲究？烤熟了不就行了？"后来，同学让服务员给我烤了全熟的。

　　后来，我又吃过几次烤牛肉，要么是别人请客的，要么是家人一起去吃的，但每次开烤前，服务员问几分熟的时候，我从来不回答熟度等级，只是说："烤熟点就行。"因为在我看来，吃烤牛肉，只要不是生的，烤几分熟，又有什么关系呢？

　　去年冬天，某个传统节日，我们去岳父母处晚宴，妻弟下厨为我们做菜，有一道菜就是烤牛肉。据说，为了让我们品尝到口味独特的烤牛肉，他一大早跑了那几家牛肉店进行选料。但食用的时候，他还是不无遗憾地说，有些烤"老"了。

就在那次用餐期间，作为"资深吃货"的妻弟，向我详细讲解了对烤牛肉熟度等级的辨识以及不同等级所对应的口感差别。这让我第一次认识到，将烤牛肉区分出熟度等级来，并非店家招徕顾客的噱头，而是一种实实在在的对口感的追求。

不过，之后对于烤牛肉的熟度等级，我依然不怎么讲究，每当服务员询问熟度等级时，还是那句"烤熟点就行"。究其原因：一、我这种消费水平，还不到经常去吃的层次；二、即便偶尔去吃了一二次，也把不准哪种熟度适合自己口味。

由此，想起孩提时代，由于家里贫穷，几乎没吃过整个苹果，偶尔家里好不容易有个苹果，共切成五份（我一家五口），每人一小份，但父亲那份，总让给我们吃。那个时候，苹果在我们心目里，就是"好吃"的代名词，从不会去考虑其他。

这正如，这些年吃烤牛肉，只要能品尝到就是美味的享受，至于熟度的等级并不是我所追求的。现在，我能够正确地看待区分不同熟度等级所具备的意义，已足以说明自己对于吃烤牛肉的观念正在不断地改变，这应该算是一种不小的进步吧！

其实，纵观我国牛肉食用史：在秦朝会被杀头，在明清要被判刑，到了民国，才允许开吃。追根溯源，我国长期处于农耕社会，生产水平低下，牛作为农业主要劳动力的存在，备受重视。从牛肉的禁食到开禁，昭示了我国科技水平的日益提高。

同样，烤牛肉对于我而言，从三十岁之前从未吃过，到吃而未知其熟度等级，到虽知其熟度等级但不了解其价值，再到了解其价值却尚未实施……这无疑是一个循序渐进的过程，也印证了我们从"饥饿"到"吃饱"再到"吃好"在不断演进。

如今，距离第一次吃烤牛肉，已过去了那么多年，尽管对烤牛肉熟度等级的需求，于我还是没有丝毫的改变。但我希望会有那么一天，我，不！我们去吃烤牛肉，服务员问牛肉需要烤几分熟时，我们都能娴熟地报出一个适合自己口味的等级来。

飘浮在眼前的"发丝"

　　那天下午，大约三点光景，屋外阳光明媚，整个卫生间亮堂堂的。我洗好澡，从沐浴房出来，蓦然发现眼前飘浮着一根发丝——它并非飘荡在空气中，而是随着我的目光的转移而飘动。显然，它是依附于我的右眼球的！我怀疑有一根头发沾到了右眼球表面，因为这天正午，我刚去理过发，极有可能在我洗澡时有碎发不慎掉落于右眼中。

　　于是，我赶紧来到卫生间的镜子前，摘下眼镜，整张脸凑近去，努力睁大双眼，端详着镜中的右眼球。那表面似乎有一条细细的黑线，形如一根柔软的发丝。我将左手的食指与中指合成一个"夹子"，指尖靠近右眼球表面，轻轻地去夹那条黑色细线。但尝试了几次，没有成功——我的手指没夹出发丝来，眼前飘浮的发丝影依然存在。

　　我担心继续夹下去，会挫伤自己的右眼球，便停止了尝试。那天正是周日，住校的孩子去学校了，妻子正好也不在家，我只好一个人焦虑地待着，盼着妻子早点回来，帮我夹出右眼球的那根发丝。临近傍晚，妻子终于回来了，她刚一进门，我就提出了请求。她连忙放下手里的包，去卫生间洗过手，双手翻起我的右眼皮，仔细查看起来。

"没有。"妻子查看了一阵子，松开了我的右眼皮。"不可能吧？"我说，"我刚发现里面有一条黑丝。"妻子又扯起我的右眼皮，再次认真检查起来。可结果，还是一无所获。我正感到疑惑，妻子说："如果真有头发丝在里面，你的眼睛哪里还睁得开？"经她这么一说，我恍然大悟，推翻了自己起初的判断，排除了发丝存在的可能性。

那究竟是什么？当即，我用手机在网上查询："眼前有头发丝一样的黑影飘动"，很快搜索出一个结果："可能与生理性因素和病理性因素有关，其中病理性因素包括玻璃体炎、玻璃体浑浊、飞蚊症等。"尽管我无法确定自己的症状属于"玻璃体炎""玻璃体浑浊""飞蚊症"中哪一种，但可以肯定的是不外乎上述三种因素中的其中之一。

对于如何治疗？网上未给出答案，只是建议："平时多休息眼睛，适当按摩热敷眼睛；注意眼部的清洁卫生，勤清洗眼睛；不要过度用眼，少看手机电脑。"只有症状严重的，需要及早治疗。也就是说，出现这种症状，是年龄增长、机体器官退化所致，是不可逆转的生命迹象，服用某些碘片、胶囊或使用某些滴眼液可以起到缓解作用。

之后，我尽量让自己的眼睛多休息，坚决做到不过度用眼。可是，一段时间下来，眼前的那根"发丝"，并未因此而消失。无论白天还是黑夜，只要有光的地方，每当我集中注意力，斜眼看右眼角时，它总在那里，短短的一截，随着我眼球的转动，跟着不停地飘浮，或左或右或上或下，只是不管它如何飘泊不定，都逃不出右眼的视界。

特别是在晴空万里的日子里，我眼前的那根"发丝"，变得异常清晰而突兀，像一叶穿梭于碧波中的扁舟，时时刻刻地"劈风斩浪"，让我无法忽略它的存在，只有放下手里的活，紧紧地闭上双眼，它才不得已从眼前退出，消失在漫无边际的黑暗里。

而当我重新睁开双眼时，它又会从眼前"破浪而出"，继续"行驶"在我右眼的视线中……

好几回，我想去诊治，哪怕根治不了，也可缓解一下症状。不过，最终不了了之。因在我所处的都市，风和日丽的天气较少，即便遇到，也不排除雾霾的存在，所以真正能见到那根"发丝"的机会并不多，大多数时候它便隐没在灰蒙蒙的空气里，让我几乎忘却了它的存在。就算是晴天，能清晰目睹它，又何妨？世间非明镜，何处无尘埃。

写作路上的"明灯"

　　光阴荏苒，在文学道路上，已跋涉了 25 年。在这个过程中，遇到过无数老师，绝大多数是已故大师，诸如鲁迅、契诃夫、卡夫卡等，这个名单可以列得很长，也有一些现实中的师友，而印象最深的是这四位。

　　董铭杰老师，教我高二语文。他毕业于浙师大中文系，还在读高中的时候，就在《浙江日报》发表过诗歌和散文。由于有文学铺底，他教的语文课，与其他教师不太一样，很注重对细节的分析，比如讲到精彩处，会重复三四遍，直到逗得我们捧腹大笑为止。

　　他对于我文学上的意义，更多的是启蒙的作用。应该说，在上他的课前，虽然我喜欢文学，但还没课余写作。他的出现和启迪，让我真正热爱文学，并尝试着写作。更值得一提的是，我写的课堂作文——议论文，以前总被批为"乱七八糟'，而在他看来是那样"别出心裁"，这极大地激发了我创作的信心，从此立志要成为一名作家。

　　路祥老师是第二位。当时，我还在读高三，因热爱文学创作，去河北文学院函授，路祥老师就是指导老师。随着时光的流逝，如今我已记不清，他具体指导过什么。我只记得有一封信里，他曾这样告诫我，一定要写永恒的东西，比如人性、爱情、命运等。

路祥老师的这句话，对于他自己而言，也许是不经意写下的，但为我的创作指明了方向。从读到那封信开始，我就有意识地遵此创作，直到过了 10 年，我确立创作基点时，依然不忘初衷，定位于"关注人性、关注命运、关注社会最底层"。

第三位是汪志成老师。汪志成老师是绍兴的知名作家，我在绍兴县文联打工时，跟他来往较多，特别是夏天的晚上，经常会去他家跟他聊文学。那个时候，我已写了近 10 年小小说，逐渐产生不满足感，觉得它体量太小，无法容纳更多的思想，决意转写短篇小说。

然而，由于对小小说操练时间过久，已形成了固定的思维模式，面对陌生的短篇小说，一时间无从下手。于是，我去找汪老师讨教。还是在汪老师家里，与他隔着一张方桌坐着，他这样告诉我："如果把小说比作一株树，小小说是一株小树，短篇小说是一株大树中的一段，但通过它可想见整株大树……"顿时，我恍然大悟。

我要说的第四位老师，是《北方文学》的编辑，叫"付德芳"。正确地说，我跟她是作者与编辑的关系。那时，我刚从绍兴到杭州，放弃了小小说创作，专注于短篇小说，两年时间内，写了七八篇，全国各地到处投稿。付老师是位敬业的编辑，对我做到每稿必复，更难能可贵的是，还会附信提出中肯的意见。

记得，我投稿给《北方文学》，前几次均以失败告终。到了最后一次，付老师直言不讳地指出：你的小说还停留在通俗文学上，你把故事讲得太满了……她的那封信很简短，但上面的每一个字，现在想起都比金子值钱，它让我对严肃小说有了新的认识。也就在那封信后的一年里，我有四五个短篇小说，经她的手发表在《北方文学》上。

　　在 25 年的文学旅途中，让我受益非浅的师友，自然不止这么几位，但这四位的教导，在我的整个创作中，起着决定性的因素，它们像一盏又一盏的灯，照亮了我创作的不同时段，让我能够跋涉至今，并将继续前行。

关于老师

　　一次周日聚餐期间，文友周勇说，明天晚上，要请一位远道而来的老师吃饭，问我能不能一起聚一下。因儿子八九两个学年夜学，我周一到周五每晚负责接他回家，没时间出席这类聚餐。我刚要谢绝，他突然讲起了跟那位老师相关的往事：有一次他在她的课堂上写作文，被发现了，便收缴了他的作文簿。课后，她把他叫到办公室。周勇以为，她一定会狠狠地训他一顿，但没想到的是她不但不训，还夸奖了他，说他写的作文蛮不错的，并鼓励他以后要好好写作。就这样，启发了周勇的文学梦想，后来成为了一名作家。听了周勇的讲述，我被深深地感动了，毫不犹豫地答应了他的邀约。

　　因为这件事，我也想到了自己的几位老师。第一位，是我小学二年级上学期的数学老师，叫"丁永祥"。当时，他来教我们的时候很年轻，我们叫他"小丁老师"。因为还没结婚，他住在小学附近的一间小屋里。每天晚上放学，他总会召集我们班的一些学生，到他的小屋里，给我们辅导数学。那个时候，我们农村孩子的学业没现在这般繁重，不存在"课外辅导"这种现象，他算是开了先河。当然，他的辅导是纯义务的。这位小丁老师，尽管只教了一个学期，但在我的心目里，是最好的老师之一。迄今，虽然过去了四十多年。后来他成了中学教师，但在我二十五岁后，我们一直保持着来往。

还有一位老师，是我高二上学期的语文老师，叫"董铭杰"。我在 2016 年写的一篇散文《写作路上的"明灯"》中曾专门写到他——他毕业于浙师大中文系，还在读高中的时候，就在《浙江日报》发表诗歌和散文。在他来教我们语文之前，我每次写的作文——议论文，总被高一的语文老师批为"乱七八糟"，但他认为我的观点"别出心裁"，这极大地激发了我的创作热情，从此立志成为一名作家。虽然董老师后来弃教从政又下海，但在我三十多岁后，我们一直保持着联系，特别在我 2010 年兼任《国家湿地》执行主编起，他还成了忠实的特约作者，每期为杂志写稿，直至 2016 年因病离世。

我还想起儿子小学时的班主任——陈咏梅老师。在儿子刚进她的班级的时候，她见他长得特别瘦小，颇为他的健康担忧，便时时观察他的行动。之后，她欣慰地对我妻子说："卢聪玩耍时，勇猛有力，很健康。"后来，她又发现我儿子偏食厉害，除了瘦肉和鱼，几乎不吃其他蔬菜，学校提供的午餐，他差不多都是倒掉的。于是，担心我儿子的营养跟不上，建议我妻子，每天的午餐，家里做好带去学校。记得，在儿子入学不久，我去参加过一次家长会，她当着全班家长的面说："虽然我只是一名小学老师，但我自认为是一名教育家。"经过六年的交往，我认为她确实无愧于"教育家"这个称号。

唐朝文学家韩愈在《师说》里说，"师者"是"传道受业解惑"的人。但我觉得一位真正优秀的老师，除了"传道受业解惑"，还需要用"人性的温度"去温暖每一位学生的心灵。像周勇的那位老师，虽然我现在写这篇文字的时候，尚不知道她到底是他哪个阶段的老师，也不知道她教过他哪门课，但这些其实都不再重要，重要的是她的"宽容"和"鼓励"，温暖过周勇的心灵。再说我的丁永祥老师和董铭杰老师，还有儿子小学班主任陈咏梅老师，他们的课教得怎么样，对于现在的我和我儿子而言，也都不再重要，但重要的是，他们的那种奉献、认可和关爱，时时温暖着我们的心灵。

我与鲁迅先生

前几天，妻子在微信上开玩笑说，你儿子现在牛了，竟然将QQ昵称改成了"当代鲁迅"。儿子今年15岁，读初三，虽然在语文课上学过鲁迅先生的若干散文，但还不至于崇拜到如此地步，只能说深受我的影响。

作为一名写作者，我与鲁迅先生的"关系"，可谓非同一般。

我老家所在的绍兴市越城区富盛镇乌石村，就是鲁迅先生短篇小说《祝福》中"阿毛"的原型地。据说，鲁迅先生家的祖坟，在我们村边上的调马场村（后与青塘村合并，现名"青马村"）。那个村是山村，不通水路。鲁迅先生小时候，他家来上坟，要先摇船到我们村，然后上岸，走路去那个村。当时，我们村的土地庙香火鼎盛，逢年过节都要演社戏。因为戏台就在岸边，鲁迅先生他们就待在船上观看。有一年，我们村有个小孩，一个人在弄堂口剥毛豆，被后面田畈过来的一只毛熊（我老家对"狼"的称谓）给叼走了。鲁迅先生听说了这事，记在了心里，成年后，写进了短篇小说《祝福》里。

这个故事，在我孩提时代，听父亲讲过。不过，不太听得懂，只记住了有个写文章的人叫"鲁迅"。也因为那个被狼叼走的小孩家所在的弄堂，就在我家那排楼屋最右侧处，由于通向广

阔的田畈，夏天风很大，颇为凉快，我们常坐在那里，编麦秆扇
（赚手工费，补贴家用），所以我时不时会想起那个被狼叼走的孩
子。后来，1999年左右，我获赠绍兴市文联主编的一套书，其中
有一本中写到了这桩逸事，而且比父亲讲的更详细，还写到鲁迅
先生小时候与他的弟弟周作人，经常一道去踏看同样在我们村的
"跳山大吉碑"（正式名称"建初买地摩崖石刻"，现为"全国文
保单位"，我父亲在世时，被聘为业余文保员，曾悉心看护十多
年）。

鉴于这层关系，我读中学时，接触到鲁迅先生的作品，感到
特别亲切，没有其他作家所说的"违和感"。当然，这也许跟我
与鲁迅先生同为绍兴人，语言上没有隔阂（不存在看不懂这个问
题），有一定的关系。还有一个因素，我们高二上学期的语文老
师董铭杰先生，毕业于浙江师范学院（现在的"浙师大"），本身
是一位才华横溢的作家（他后来为我兼任执行主编的一本杂志写
过好几年稿，直至病逝为止），他对鲁迅先生作品的讲解，有别
于其他语文老师，精彩、生动、风趣，使我从此爱上了鲁迅先生
的小说，并激发了对写作的莫大兴趣，立志成为一名作家。

高中毕业后，我业余从事文学创作，特别希望成为鲁迅先生
那类作家。受这种强烈欲望的驱使，我有意识地阅读了大量外国
现实批判主义作家的经典作品，像契诃夫、莫泊桑、欧·亨利、
巴尔扎克等的中短篇小说。然而，由于受鉴赏水平的局限，虽然
偏爱鲁迅先生的小说，基本上每篇都反复诵读，但事实上并未真
正领悟其含义，只是拙劣地学了一些批判的手法，运用到正在创
作的微型小说中，像《抢来的蛋糕》《洋房里的女人》《送花的
男孩》《第十个流浪儿》《笑队队员》等，大都停留于简单地反
映人性善恶的层面上，极少涉及所处时代的背景和社会问题。

2000年后，我从绍兴来到杭州，不再满足于"小打小闹"的
微型小说创作，开始从事短篇小说创作，加上接触了刚兴起的互

联网，每天浏览大量文学方面的信息，阅读了钱理群、张梦阳等学者深度剖析鲁迅先生作品的评论，对鲁迅先生的小说有了新的认识，真正理解了其深刻的思想内涵。同时，卡夫卡、萨特、加缪、昆德拉、博尔赫斯、奈保尔等一大批作家涌入了我的视线，让我侧重鲁迅、契诃夫的"批判主义"的前提下，融合了一些卡夫卡的"荒诞主义"与萨特、加缪的"存在主义"，逐步形成自己的小说风格，创作了《在街上奔走喊冤》《要杀人的乐天》《逃往天堂的孩子》《在寒夜来回奔跑》《无马之城》《小镇理发师》《乡村建筑师》《谁打瘸了村支书家的狗》《狗小的自行车》等一批短篇小说以及长篇小说《城市蚂蚁》。

这批短篇小说在网络上陆续推出，很快在全国范围引起了较好反响，读者和评论者不约而同地认为："批判有力、震撼心灵，颇具文坛巨匠鲁迅之风。"2005 年，结集出版前，出版方要在封面上打上"当代鲁迅"的字样，被我断然拒绝。虽然，鲁迅先生是我的文学偶像，我梦想成为他那样的作家，但他是一座高峰，我辈可以仰望，不敢造次。后来，出版方只好向我妥协，改为"21 世纪中国最具批判力小说"。但在"创作简介"中，还是引用了读者和评论者的那段跟鲁迅先生相关的评价。

2019 年后，父亲多次住院，让我无心投入小说创作，重点创作一些短小的文化随笔和亲情散文，并应一家杂志的约稿开设专栏，写了一组解读文艺大师的随笔。到 2020 年 5 月底，父亲的突然离世，使我陷入巨大的悲痛之中，彻底停止了小说创作，偶尔写几篇怀念父亲的散文以及文化思想类随笔。同时，由于工作需要，开始撰写宗教文化稿。还应龙泉宝剑厂掌门人张叶胜先生邀约，撰写长篇报告文学《中国宝剑史：龙泉宝剑》一书。

2022 年 3 月，绍兴电视台拍摄我的一个访谈里，我这样说道："我从 1991 年开始写作到现在，已经差不多三十多年了。在这个过程中，我们搞写作肯定会要了解很多作家的作品，也受过很多作家的影响，但是在中国作家里面，我受到最大影响的就是鲁迅先生。"这是我对鲁迅先生的一种致敬，也是对我与他之间的那种关系的总结。

在此之前，他对我的重要性，也从文学创作跨越到了与这个时代的"对接"上。因为我发现：鲁迅先生真正的伟大，在于几乎看透了所处的时代，懂得如何去融合，免受不必要的伤害。也因为他有看透时代的能力，创作的作品自然也就无比深刻，为其他作家所无法企及。鉴于此，我总是教导自己的孩子，以后不一定要成为作家，但要深入了解这个社会，看得透这个时代。只有这样，才能绕过生活中的很多"坎"，更好地跟这个时代接洽。而要看透这个时代，必须持有一种批评的精神。所以，鲁迅先生永远是我们学习的榜样。

写作者的生活方式

最近二十年里，经常有人会好奇地问："你们作家的生活，跟普通人有什么不同？"每当那个时候，我首先会纠正："作家就是普通人。"然后，告诉对方："别的作家怎么样生活？我不是很清楚。至少作为一名写作者，我跟常人没有本质的区别。"

不过，在我周边的文友中，确有不少有别于常人的，他们每到一个场合，就堂而皇之地自我介绍："我是作家！""我是诗人！"特别是后者，每次在酒店聚餐，不管包厢还是大堂，酒过三巡，来了兴致，必定要诗朗诵，唯恐别人不知他们是诗人。

还有一些文友，经常以"采风"的名义，游荡于各地，甚至春节也不例外。有好几个正月初一，我正在老家过年，有不同的文友打来电话，说跟一帮文友在野外欢聚，让我一道过去。每到那时，我一概婉言谢绝，说自己在老家正准备招待客人呢！

更有甚者，为了文学，轻易放弃工作，以"职业作家"的身份，或闭门造车式地苦写，或在社会上到处招摇。经年之后，作品却鲜有问世，即便有，也反响平平，导致的后果——前者入不敷出，穷困潦倒；后者则变身文坛活动家，成为圈内笑话。

我练笔迄今，已将近三十年光景。但在这漫长的时光里，我从未将"写作"与"生活"混为一谈。我始终坚守这么一种理念：在生活中，你就是一个平常人；在写作时，你才是一名写作者。只有将两者区分开来，"写作"与"生活"才能各自安好。

由于坚守这样的理念，在生活中，我从不标榜自己是作家，有人问："你从事什么工作的？"我回答："搞文字的。"凡要填写跟文化领域无关的表格时，一律填写"编辑"这个职业。所以，这么多年，除了文化领域，极少有人知道我是一名写作者。

在家里，我的角色也只是儿子、丈夫、父亲，从来没以"作家"自居过。定居这座城市二十多年，换过两次住房，从未设置过独立书房；无论自己写得多么投入，只要家人吩咐，就立马起身去做事；也从不领文友到家里谈天说地，影响家人正常生活。

我的装扮，同样看不出与常人有什么差别，只是不爱着正装，习惯穿得休闲一些，夏天棉麻衬衣、冬天牛仔衣裤为主打。2020年下半年开始，我的下巴蓄起了一些短须，有些久别重逢的朋友问："你也文艺范了？"我说，不是，我是纪念我的父亲。

记得，2022年春节后，有一家电视台采访我，让我给喜欢写作的朋友提一些建议，我提的其中一条就是：先生活，再写作。我认为，一名写作者，特别是小说作者，如果连生活都过不好，说明与这个社会格格不入，那创作的作品自然会跟时代脱节。

确实，作为一名写作者，只有以平常人的姿态，全身心地投入于现实中，跟火热的生活打成一片，才能深刻了解社会的方方面面，才能切身体会尘世的悲欢离合，才能精准把握这个时代的脉博，才有可能创作出"源于生活，却高于生活"的精品佳作。

当然，作为一名写作者，你写作的时候，必须与常人有所不同，你不能跟世俗苟合，你不能向现实妥协，你要以高度的社会责任感、丰厚的文化积淀、敏锐的洞察力、独特的见解和视角，用心书写每部作品，让其闪烁时代的光芒，去烛照读者的心灵。

中国自古存在"入世""出世"两种生活方式，前者指"投身于社会"，后者指"超脱于凡尘"。这两者看似矛盾，实则相辅相成。作为一名写作者，如果把"生活"当作"入世"，把"写作"当作"出世"，那么只有"出""入"得宜，或许才能有所作为吧！

写作者与他们的书房

德国作家马丁·瓦尔泽离世不久，我在一个公众号看到了一张他在书房的照片。这位德国战后文学史上，除海因里希·伯尔和君特·格拉斯之外，最负盛名的作家，他的书房是一间低矮倾斜的板房，伏案写作的书桌老式陈旧，两个贴在板壁上的书架简易单薄……这一切，让我不由得联想到"写作者与书房"这个话题。

去年深秋，我应邀参加一个文学活动，在晚餐期间，主办方负责人说想给她的父亲，也是一位写作数十年的老作家，量身定制一间高品质的书房，问我们打造成什么样最理想。在座的几位七嘴八舌地"建言献策"。见我始终不吱声，她特地向我咨询，我便如实相告："我对书房没任何要求，只要能坐下来写作，就行。"

我如是回答，是基于实情。虽说我从事文学创作三十余年，但从未真正拥有过一间书房。只有在我 24 岁那年，老家建成若干年的楼房装修，父亲考虑到我写作的需要，在低矮的第三层的左边间，用木板将前半间阁出来，打造成一间小书房。尽管里面有书柜、书桌和木板床，可我几乎没当过书房，只是用来存放书报刊。

因为从 21 岁起，我在老家待的时间，拼起来不会超过两年，其余的日子都在城里，曾辗转于杭、穗、越等三地，后定居于杭城。在这漫长的三十年间，我写作的处所，前期是装修的工地、商店的集体宿舍、堂弟的卧室、租住的平房，后来成了家买了房子，迫于居住条件，阳台和主卧一角，先后充当了书房的角色。

记得，尚在绍兴城里打工期间，我写过一篇散文，描绘过自己当时的写作处所："那房宛如一只蜗牛蜷缩于一条长长的弄底里，而那弄走道两旁由于弄里人家早已搬迁，人迹寥寥，便长年累月堆积着一些废弃的马桶、家具之类破旧杂物……"由于那间出租房，实在太脏乱不堪了，我便给它取了一个名称，叫"脏弄书室"。

当然，这么多年来，我也不是没有设想过"书房"的样子。在最后一次来杭城打工的头几年，尚未购买第一套房之前，我曾经在一篇名为《梦想一套现实中的房》的散文中这样写道："对于那个场地（书房），也许是我对整套住房要求最高的部分，它的四壁必须用散发木香的杉树包装，合上门便自成一个独立的天地。"

然而，在生活中，梦想总会跟现实脱节，等你慢慢适应之后，梦想也就变得现实。于是，对于书房，我就不再奢望如自己在《梦想一套现实中的房》中描述的那样："在这个房间的四壁，我会悬挂上自制的木饰壁画；书柜的空位处，我要点缀上收集的古罐陈坛；每天伏案的台桌上，我会摆放那盆出自深山的九节兰。"

其实，对于写作而言，书房并非那么重要。前段时间，我在网上浏览，看到一篇《关于几位文学大师奇特的写作地点》的推文，发现也不是每位作家都对书房有所讲究，像巴尔扎克总将自己锁在小黑屋里、卢梭酷爱坐在烈日下、萧伯纳喜欢去野外、法布尔必须到陌生的地方、罗丹和富兰克林则癖好泡在浴缸里……

也就是说，他们根本不需要书房！不过，像他们那般奇特的毕竟少数。对于我们大多数写作者来说，书房还是需要的。那么，拥有一间什么样的书房才适宜？这或许因人而异。有条件的，可布置得高档些；没条件的，就搞得简陋些。我认为，对于写作者而言，书房作为其写作的处所，只要待在里面写得出作品就行了。

写作者与他们的藏书

二十世纪西班牙语世界最有影响的作家之一博尔赫斯曾说："如果世界上有天堂，那一定是图书馆的模样。"由此可见，图书馆在这位大半辈子从事图书管理工作的"作家中的作家"心目中的地位。不过，在笔者看来，深受其尊尚的，与其说是图书馆，不如说是其中的大量书籍。

确实，对于每一位写作者而言，书籍的重要性不言自喻。它们不仅让他们借鉴前人的宝贵经验和智慧，无限地拓宽视野和自我成长，还让他们在身处逆境时，汲取无形的安慰与力量，在写作或人生的道路上不断前行，这正如法国作家斯特凡妮所说："书籍是一座移动的避难所。"

鉴于此，古今中外无数文人嗜书如命。最为典型的，要数明代文学家胡应麟，他乃一介布衣，为了求书，"穷搜委巷、广乞名流、录之故家、求诸绝域、典衣废食"，甚至于"尽毁其家"。还有清代学者叶德辉，则视书籍等同于妻子，说出了"妻与藏书，概不出借"这类惊人之语。

作为一名写作者，笔者对于书籍的态度，虽达不到上述人物那般痴狂，但同样看得极为重要。回想笔者写作之初，每次骑车从老家去城里购书，从来不吃午餐，目的不外乎节约几块钱，能多买一两本书。到城里工作后，逛得最多的地方，就是书店；买得最多的物品，无疑就是图书。

挺有意思的是，前几年因拆迁搬家，几名搬运工见货物不多，装不满一车，颇为开心。等到搬运时，发现大都是图书，看着不占地方，实质颇沉，从原住宅运下来还行，因为只是二楼；可新住宅是跃层，底层在六楼，没有电梯，累得够呛，加钱让他们搬至七楼，说什么也不同意。

搬家后不久，有一次，孩子问："我家是什么家庭？"笔者说："应该算是'书香门第'吧。"妻子不这么认为，笔者也没有坚持，改口说："那就'书多门第'吧。"而在这件事情发生的前后，笔者经常跟一些朋友开玩笑："我家最多的是书，最少的是钱！"虽说是调侃，但也合乎实情。

由于购买了太多书，存放成了问题。于是，家里除了洗手间，每个房间都有书柜，少则一个，多则三个，包括过道也是如此。记得，有一回，参加一个活动，主办单位负责人问，要怎么样打造一间书房？笔者回答："我在家里没有书房。"事实上，笔者家里，处处都可以作为书房。

不过，尽管拥有大量藏书，整本读完的可不多，绝大多数只读了一部分，还有少数几乎没读过，就尘封在了书柜里。其中的好些书，去书店购买时翻阅的页数，就远超买来后研读的页数。为此，很多时候，看着那些书，总会有一种愧疚，觉得由于自己的懒散，怠慢和浪费了它们。

然而，每当去逛街，见到书店时，还是会不由自主地进去，看到有自己喜欢的书，依然会毫不犹豫地买回家。而当那些书摆放在书柜里时，纵然没有时间一一阅读，可每次看到它们，总会感到一种欣慰，因为自己拥有了它们。不知道其他写作者是否有过类似的经历或相同的心态？

当然，对于写作者来说，藏书不仅仅为了读书，更多的还是为了写作。就像胡应麟酷嗜藏书，其实是认为"以著述传世以为不朽"。事实上，他后来如愿达到了这个心愿——在文献学、史学、诗学、小说及戏剧学等方面均取得突出成就，被《四库全书》评为"实亦一时之翘楚矣"。

笔者之所以藏书，自然也是为了"著述"，只是不敢奢望"传世"，更妄谈"不朽"了。但是，想将作品写出色，是一直努力的方向。所以，购买的书籍不限于文学范畴，还有哲学、艺术、宗教、历史、政治、经济等方面。其目的，是汲取更多的"养料"，去"浇灌"自己的作品。

第三辑
行走的感悟

温暖的村庄
平安之处，即为福地
在九街，爱上了喝茶
向一块石头学习
…………

温暖的村庄

那年秋天，我供职于一家文化类杂志社，因为要策划一篇地域文化稿，带着一位编辑和一位作者，在当地一位学者的陪同下，赴一个山区的村庄考察。那位学者，是一所高校的中文系主任，老家就在那个村庄。

那个村庄，离城里有些远，我们在学者学校用过午餐，先打出租车再转乘公交车，抵达那里大约下午三点光景。由于时隔多年，现在的我对那个村的印象已模糊，只记得四周山岗耸立，溪水环绕，古建形态繁多。

那是一个"中国历史文化名村"。相传，大禹妻子涂山氏就葬于那边。现今遗存的宗祠、庙宇、台门以及桥梁、古道、驿站、井塘等，尚留有禹裔文化的印记。也正因有着这样一种独特的元素，吸引着我们前往。

当然，作为一本全国有影响力的文化类杂志，我们要求刊登的每一篇文化稿，都不仅仅停留于对史料的挖掘，更希望能纵深梳理，让文脉穿越时空跟当下无缝对接。于是，企图寻求"人以地传，地以人传"的资料。

在那位学者的带领下，我们来到村委办公室，相关负责人热情接待了我们，并提供了一份今人编译、乾隆三十五年（1770）撰稿的禹裔宗谱中的"名人传"。那份传记，一共收录了 **60** 余位禹裔及他们的生平事迹。

应该说，那个村历代人才辈出，有封疆大吏、地方圣贤、能工巧匠、学者术士、英烈贞妇等。他们中有的保卫国家，有的守望家乡，有的乐善好施，有的克尽孝道。那份传记，不仅是一部宗族史，更是一部精神史。

鉴于时间关系，我无法细读那份传记，只是翻阅了一下，但有一位禹裔的事迹，映入了我的眼界，并深入到了我的心坎。可以这么说，那位禹裔在那批"名人"中间，并不怎么"耀眼"，既不贵，也非富，还不出名。

而且，那位禹裔的那个事迹，记述得极为简单，只有短短的一句话，加上标点符号，总共不超过 50 个字："茂阳公乐善好施，每当风雪交作的时候，往往登上高楼远望，看见有烟火不冒的人家，立即给予帮助。"

由此，让我联想到，当时国内有那么几所高校，通过分析学生在校刷饭卡数据，比对困难生库，并结合学生综合表现，找出每月在食堂吃饭次数多、但每天消费低于平均值的贫困生，"偷偷"地往他们饭卡里打钱。

那位禹裔与那几所高校，虽然所处的时代不同，但前者的"善举"与后者的"措施"异曲同工，他们不需要被资助对方提出"申请"，也不必对他们进行"公示"，却以精准的方式摸排出真正的贫困者，并进行资助。

那次考察之后，我们做了一篇关于禹裔文化的稿子，发表在当年的杂志上。到了那年年底，我离开了那家杂志社，此后再也没去过那个村庄。然而，这几年以来，那位禹裔的那种善举，总不时地浮现在我的脑海里。

如今，尽管我清晰地记得，那天下午在那个村庄游走，迎着冷冷的风，为了取暖，我甚至还一度用双手抱紧自己的双臂。可此刻，在写这篇文字时，因为那位禹裔的那种善举，那个村庄瞬间在我心头变得无比温暖。

平安之处，即为福地

2011 年暑期，笔者赴新马游，离开新加坡时，当地导游说："在我们新加坡，你的包放在哪儿，都是你的。但到了马来西亚，你的包不抱在胸前，有可能就是别人的了。"随后，我们刚入境马来西亚，所有人的护照均被收走，领队说："包没了还好，护照没了可就惨了。"

事实上，也是如此。我们在新加坡的两天里，无论徜徉在人流穿梭的闹市，还是熙熙攘攘的商超，都没有见到任何治安方面的问题，更不要说亲历了。但到了马来西亚，第一天晚上，笔者在超市返酒店途中，就亲眼目睹了一位骑摩托车的黑人抢走华人女游客背包的事件。

如今，时隔多年，新加坡之旅，依然让笔者深切怀念。虽然，从游玩的角度上而言，相比马来西亚，新加坡几无特色，既没有浓郁的民俗风情，又缺乏独特的人文景观。然而，它那良好的治安状况，让笔者从内心感到无比舒坦，认定那是一个令人向往的幸福的国度。

确实，作为一位普通人，生命的可贵不言而喻，健康和快乐地过好当下每一天的同时，平安无疑是我们一生中最大的福报。记得，新马游后第二年，笔者的一位堂兄病逝。临终时，他以 49

年的人生经历，总结出："人的一生，平安、健康、快乐最重要!"并以此祝福笔者。

这么多年来，笔者一直恪守堂兄的告诫，但越来越发觉：健康和快乐，很多时候是自己可以把握的，唯有平安则个人无力支配。比如，重大交通事故和恶性犯罪案件的发生，这一切，都能让人的生命，在顷刻间受到严重威胁，有的甚至来不及防备，便匆匆地撒手而去。

所以，一个人的平安，很大程度上，取决于社会的治安。就像在新加坡，我们可以随便把包放在哪儿，这包依然是属于我们的。可在马来西亚，纵然你把包背在肩上，还是很有可能成了别人的。那正是因为，新加坡社会十分稳定、犯罪率极低，是世界上治安最好的国家之一。

最近，单位组织我们到嵊泗疗休养。上岛的当天晚上，遭遇台风"黑格比"，为了安全起见，所有景点均被关停，五天的行程，有一天半，我们在酒店休息，实际游玩的，只有两天半。而在这两天半里，我们也处于半游玩、半休息。这也就是说，真正能游玩之处甚少。

笔者正颇感不足，熟识此地的同行相告：嵊泗乃弹丸之地，陆域面积不足 90 平方公里，404 个岛屿中能住人的只有 16 个，而我们栖身的泗礁岛，作为嵊泗列岛的主岛，不过 21.35 平方公里，能游玩的景点，也就六井潭、大悲山、东海渔村、基湖沙滩等屈指可数的几个。

然而，就是这么一个地方，却成了全国旅游的热点。其奥妙何在？海瀚、礁美、滩佳、石奇、洞幽、崖险等特点，固然是让游客络绎不绝的因素所在，但最为关键的，想必还是因为这里能给游客一种"满满的安全感"吧。

确实，在嵊泗的四天里，无论是白天在景区游玩，还是夜晚在街头休闲，笔者的确连最平常的"争吵"都没碰见，更不必论及"斗殴"之类了，所到之处均呈现"芳草鲜美，落英缤纷""黄发垂髫，并怡然自乐"的现代版海上"桃花源"之境界。

想想也是，我们很多人一生所图，无非平安、健康、快乐。而我们居住或旅游，更是为了追求一个平安祥和之处。假如连晚上出门都成为了一种奢求，纵然它拥有"人间天堂"之美境，估计也不足以让我们青睐的。嵊泗之所以能吸引络绎不绝的游客，皆因"平安"吧！

平安之处，即为福地。

在九街，爱上了喝茶

我老家在绍兴乡下，那边有连片的小山，坡上遍地都是茶树。在我孩提时代，老家的村，还不叫"村"，被称作"队"，行政村叫"大队"，自然村叫"小队"。连片的小山，为队里所有，茶树也一样。村里的成年人，不像现在能自由择业，他们被聚集在队里，给统一分派工作，男人干重点的活，妇女干轻一点的。他们日出而作，日落而息，整天忙碌在乡野间。

在我的记忆里，那个时候，母亲有一半时间，是在采茶中度过。无论刮风下雨，还是烈日炎炎，只要没下田的日子，都要与其他妇女很早起床，带着冷饭和霉干菜，翻山越岭去小队的茶山，整天俯身茶树之上，忙不迭地采摘。因为当时，茶山是公有的，人也是公有的，但家是私有的，于是有了"工分"这种东西。像采茶这种活，根据每家采摘的多寡，来评工分。

所以，我很小的时候，就认识了"茶"。然而，说出来蛮有意思，尽管认识它很早，可一直没有喝过，直到成年之后，才不时地喝上一回。作为乡下的孩子，在老家生活的岁月，我们每天喝的是井水，没有喝茶的习惯。就算成年后喝茶，也不是出于习惯，更谈不上是文化，只是用来消热解渴，因为我是热性体质，经常会"上火"，而绿茶能杀菌消炎，如此而已。

　　提到"茶",还发生过一件趣事。那年,我在广州打工,供职于一家杂志社。同事大都是本地人,他们有喝茶的习惯。刚进杂志社没多久,有一位同事提出请我去喝茶。我听了,颇感迷惑,暗想:喝杯茶,有什么好请的?又不是聚餐。但碍于情面,我勉强答应了。结果赴会后,大吃一惊,发现那个"喝茶",根本不是单纯地喝杯茶,而是品尝品种丰富的点心。

　　后来,我辗转到了杭州工作和生活,也数次受邀或邀请朋友去喝茶。不过,说实话不是因为爱上了喝茶,而是在茶室比较适合聊天,它不像办公场所那般呆板,也没有酒店那种嘈杂。而对喝茶必点的那杯茶,似乎永远处于被点缀的地位,我从来就没有讲究过,哪种茶价格实惠就点哪种,要是碰到同样价位的,则取决于它的功能了,看是清凉的还是暖胃的。

　　平时,我也喝喝茶,喝过的茶也不少,此刻记得起来的有:西湖龙井、洞庭碧螺春、黄山毛峰、安溪铁观音、祁门红茶、云南普洱茶、安吉白茶、径山绿茶、普陀佛茶、福建茉莉花茶、庐山云雾茶、武夷大红袍……这些茶,有些是亲朋好友馈赠的,有些是参加活动的礼品。然则,我喝的当儿,除了喝个新奇,更多的是解渴,几乎未曾牵扯到文化的层面上过。

　　当然,我的朋友中也是深谙茶道的,他们喜欢一边沏茶一边跟你讲陆羽的《茶经》,说茶有"九难"——造、别、器、火、水、炙、末、煮、饮,有"九德"——清、香、甘、和、空、俭、时、仁、真。我总是心不在焉地听着,心想喝个茶搞这么复杂干吗?他们滔滔不绝地讲了一大堆,我听了半天不知所以然,只是觉得他们泡出来的茶,比我自己家里喝的口感是好。

　　然而,这种对茶无感的景况,在 2018 年立秋前一周,杭州龙坞茶镇之行后,让我发生了彻底的改观。那天下午,骄阳似火,我应邀参加杭州市西湖区纪念改革开放 40 周年诗文创作采风活动,与一帮文朋诗友来到了那个位于西湖以西、被钱塘江和群山环抱的"千年茶镇",在一个取名"九街"的文创园区内的一家叫"小镇客厅"的茶吧里短暂地喝茶、休憩。

说起九街,其名颇有深意,取义于陆羽《茶经》中的"九事"和"九德",结合了龙坞茶镇四横五纵九条茶主题街巷,又是"茶"字的笔画数,预示着明天的璀璨和昌盛久远。徜徉于九街,路两旁绿草如茵,抬眼所见均为白墙黛瓦的仿古建筑,整个园区洋溢着浓郁的民国风情,与周边山水、茶园环境交相辉映,典雅而不失时尚,宁静且并不落寞,令人驻足流连。

如今,我已不记得,当时招待我们的是什么茶,想必是"龙井绿茶"吧!龙坞茶镇,早在宋末元初已出产龙亓茶,曾被誉为"千年茶韵,万担茶乡"。我只记得,那茶是沏在青瓷碗中的。那青瓷,胎质坚硬轻薄,釉色晶莹纯净;那茶芽,色泽嫩绿光润,汤色透明清亮。置身于别样的九街,我细品慢啜,顿觉鲜醇爽口,齿颊留芳。那一刻,我不知不觉地爱上了喝茶!

记得,曾经有人问我:"你最向往的生活是什么样的?"我总是开玩笑地说:"无须干活,衣食无忧。夏天回老家的村口乘凉,冬天在自己家的露台晒太阳。"现在,我想应该再补充一个"项目":那就是偶尔去龙坞茶镇的那个九街逛逛,逛累了,就在那边拣选一家环境优雅的茶吧,安静地坐在里面听听轻音乐、喝喝龙井茶。我想,那是一种无比美好的生活。

向一块石头学习

在我的一个书柜上，摆放着一块石头。它呈不规则的长方体，通体看光洁润滑。这块石头，我是从山村一条溪里捡的——它所在的溪段，像河一样宽敞。这也就意味着，它虽然看上去方正，但还是一块鹅卵石，只是外形不像鹅卵而已。

那是一个初秋的正午，我们的考察暂告段落，准备在溪边的农家乐用餐，而人员尚未到齐。当时，由于正值枯水期，无数的鹅卵石，裸露在溪床上，密密麻麻，又层层叠叠。我被那满溪的石头诱惑，于是独自来到了溪床……

应该说，我是遍览了无数鹅卵石后，才最终选定它的。虽然相比其他鹅卵石，它并不显得亮丽，但它的独特打动了我。所以，见到它的第一眼，就被深深地吸引了。是的，它太独特了，在这满溪的石头里，其他都呈椭圆，而它是方的。

确实，理由就这么简单。当我拿着它走上岸的时候，几位来喊我用餐的同伴，看到我捡了这么一块石头，纷纷诧异地问："你怎么捡了这样一块石头？""它有什么特别吗？""它比椭圆的鹅卵石好看？"我的回答是：因为它是方的。

当天晚上，我把它带回家时，家人见了也都一脸迷惑："这是块什么石头？"我说，是一块鹅卵石。家人问："你捡回来派什么用？"我说，也没什么用。家人更奇怪了："没用，你捡回来干吗？"我想了想，回答道："看着挺喜欢的。"

家人不再询问，我就来到阳台，将它置于一个书柜上。从此，它就待在了那里。以后，我每次去阳台的时候，如果忙着，也就无暇观赏它。可一旦闲下来，总会把它放在手心，紧紧地握一握它，感受它透过润滑表层的那种坚硬。

是的，是坚硬！经过无数次紧握之后，我终于找到了选择它的理由——方正，或许只是一种表象；我真正喜欢它的，其实是那份坚硬——饱经无数次浪打水冲和砾石碰撞，当其他石头均被磨去棱角变得无比圆滑，它却依然是方正的。

但与其说，这是一份坚硬，我更愿意认为，它是一种坚强！可不是吗？虽然它只是一块石头，一块普通得不能再普通的石头，但为了坚守本真，被洪水冲下砂石山那刻起，就努力抵抗外界的冲击挤压，默默承受数倍于同伴的苦痛煎熬。

想到这里，我开始责怪自己的愚钝，明明是那么简单的道理，却要花费这么久的时间去领悟。如果当初捡它的当儿就清楚了它的那份"独特"，就可以明确地告知每一位对它的价值进行质疑的人。如果那样，对他们何尝不是一种教育？

同时，我也感到汗颜。回想自身，虽然一路走来，也算流离颠簸，但比起那块石头的遭遇，简直不值一提。而不同的是，那块石头一直在抗争，可自己呢？尽管也有过抵抗，但最终是不断妥协。比起那块石头来，自己该是何等卑微呀。

不过，生活还在继续，生命正不断延缓，让自己从此刻起，向那块石头学习，也许还不算迟——学习石头的坚硬，估计会让你遍体鳞伤；学习石头的方正，可能会让你名利损伤。但有一点可以肯定，学会之后，能让你赢得生命的尊严。

我想，这也就够了。

那些"丑陋"的水泥柱

　　那年夏季，笔者供职的单位赴某岛开展"群建"活动。在岛上的最后一天早晨，我们进行"环岛毅行"，当临近目的地时，笔者发现那边有一批柱子，它们由水泥浇筑，参差不齐，矮的不过膝盖，高的超越头顶；而每根的形状，也各不相同，但看上去都极为怪异。它们竖立在那里，在美丽海岸的映衬下，显得格格不入，甚至于奇丑无比。

　　那是一些什么东西？干吗要放置在那里？带着这些疑问，笔者走近了它们。在细察之后，发觉这些水泥柱，每根都代表着一次入侵该地的台风；每根柱面上均记载着当次台风的编号、名称、登陆时间、地点，中心最低气压、最大风力，登陆地受灾、死亡、失踪、受伤人数等信息；它们的高矮，由台风的强弱决定，强的就高些，弱的则矮些。

　　在这些水泥柱中，最高的那根，记载着"0414号台风'云娜'"的情况：

　　0414号台风"云娜"（强台风级）于2004年8月12日20时在石塘登陆，中心最低气压950百帕，最大风力14级（58.7m/s）。这是自1997年以来至当时登陆中国最强的一次台风，现已从台风命名序列表中除名。

椒江区 471000 人受灾，16 人死亡，2 人失踪，129 人
受伤。

不过，这些水泥柱的矮与高，并不代表受灾程度的轻与重。
笔者看到离"云娜"最近的那根水泥柱，论高度不足"云娜"的
三分之一，它"匍匐"在"云娜"的"脚"边，柱面上记载着
那次台风的编号"8923"，但没有名称（估计还来不及取名），它
1989 年 9 月 15 日 19 时 30 分在松门登陆，造成椒江区 4090000 人
受灾，53 人死亡，10 人失踪。

目睹着这些水泥柱，笔者蓦然有些感动。应该说，之前，我
们在此已待了一天一夜，除了参加"群建"活动，便跟随着岛上
的生活节拍，自由地穿梭于山海之间，目光所及之处皆为自然的
壮美与浪漫，每一秒都过得悠闲自在，仿佛来到了一个梦幻世
界。然而，正是这些水泥柱，向我们揭开了在这里生活的另一
面：在岁月静好的背后，暗藏着凶险。

于此，这些水泥柱，在笔者看来，既是对"虚假"敲响的一
记警钟，更是对"真实"发出的一种呼唤。它们的竖立，不仅体
现了对死难者的尊重，尤其重要的是，利于民众对灾祸的认知，
并从中吸取经验和教训，面对下一场可能到来的灾祸，可更好地
应对或有效地避免。正因如此，透过它们丑陋的外形，笔者无不
感受到了一份臻于至善的内在力量。

同时，笔者不禁暗忖，20 世纪以来，全球重大灾祸频发，我
们是否应该凭借对自己负责和对历史负责的态度，或竖起一根柱
子，或筑起一堵墙，或立起一块碑，忠实记录与之相关的所有信
息，用前所未有的开放姿态积极面对各类人群，聆听最真实的声
音，在悲痛中汲取力量。唯有这样，才能"从灾难和错误中学到
比平时更多的东西"（恩格斯语）。

光阴荏苒，离那次"群建"活动已过去大半年。此刻，当笔
者写这篇文字时，尝试着回忆那个岛上的景观，可是能够记起来

的只有点滴，而且是那么依稀缥缈。然则，那些水泥柱不一样，它们清晰地"竖"在笔者的脑海里，一根挨着一根，零星地排列着，虽然看上去是那么奇形怪状，但焕发着美丽的光芒。或许，这是真实的力量，更是文明的力量。

寻迹萧山街

有一次，在网上搜索资料，偶然发现：在绍兴城区，有一条叫"萧山街"的街。笔者将这一"发现"，告知了是萧山人的建筑设计师兼作家周勇先生。周勇先生也颇感惊讶，说自己外婆家在绍兴，从小在那边长大，竟然不知道有这么一条街。笔者说，不要说你了，就算是我，老家在绍兴，在城区工作过近三年，也没听说过有这条街。于是，我们当即约定，找个时间一起去"拜访"那条萧山街。

为了在"拜访"之前，对它有一个大概的了解，笔者先通过微信联系上了在绍兴的作家钱科峰先生，向他询问关于萧山街的历史和现状。钱科峰先生坦言，他知道有这么条街，还去过好几次，街上开的都是一些杂货店。另外的，他也一概不知。笔者又在网上搜索关于萧山街的相关情况，但除了说它是一条古街，介绍了其所处的位置和长度等，几无其他相关的资料，甚至对它的现状介绍也甚少。

之后的时间里，笔者就充分发挥自己的想象力，描摹它应该有的样子：那是一条狭长的老街，两边是一间紧挨一间的杂货铺，店主均为街坊邻居，那是一群年逾古稀的老人，他们操着浓重的萧山方言，贩卖着萧山土特产，其中必定有浙江著名的传统手工艺品——萧山花边和中国国家地理标志产品——萧山萝卜干。如果你去询问一下，他们还会告诉你：何时来自萧山何地，曾经为何落户于那里。

时隔将近一月，在暮秋的一个下午，由钱科峰先生当向导，笔者和周勇先生来到盼望已久的萧山街。然而，令笔者深感意外的是，现实中的萧山街，与自己想象中的有着天壤之别，它虽长，但不狭，还颇宽敞，在我见过的古街中，算是最具规模的了；街两边确实均为杂货店，店主固然有一部分老人，但没有一位操萧山方言的，问他们来自何方，都说不是萧山的，祖上跟萧山好像也没什么关系。

为了尽可能"挖掘"出与萧山的关联，在萧山街的"探花台门"前，笔者"逮"到一位鹤发童颜、面目清秀、一看就像是文化人的老者，打探这条街的历史。这位老者告诉我们，他从小在这个台门里长大，并描述了这个台门曾经的辉煌。当问及此地与萧山的关系，他茫然地摇摇头。随即，似乎察觉到了我们的失望，便安抚性地说："既然叫'萧山街'，应该跟萧山有些关系吧，只是我没听说过。"

随后，我们寻访了在萧山街上的一些名胜古迹，例如："太平天国壁画""宋代名桥——小江桥""萧山河"等，企图通过它们找出这条街与萧山之间的蛛丝蚂迹。可遗憾的是，一无所获。于此，笔者思忖：萧山，自夏少康时（约公元前十九世纪）便归属绍兴，至二十世纪五十年代末才划归杭州。它，作为绍兴曾经的一分子，成为其间一条街的名称，似乎也没有什么不可以，未必一定要有关系。

虽然如此揣测着，但不久在萧山参加某次活动时，碰到了当地学者翁迪明老师，还是把心头的这个疑惑和盘托出。翁迪明老师闻言，欣欣然道，他目前在策划开展"百工百年话运河·抢救性记录浙东运河萧山段口述历史"这个项目，正好侧面了解到：

二十世纪三四十年代，绍兴的萧山街曾是锡箔行业的中心。当时，有很多萧山人在那里打锡箔。其中，衙前徐家村一半人口在那里，人称"徐半村"。

听罢，不禁有些失落：这条曾被萧山人占据，并以其家乡命名的街，随着时光的流逝，如今已被抹去所有痕迹，徒留下一个街名。不过，转而一想，便释然了，并为之感到庆幸：萧山，作为绍兴的一个"游子"，远离已半个多世纪，在这个瞬息万变的时代，尚能保留一个街名，足已说明绍兴对它的深情厚谊。由此及彼，联想到自己：同样作为离越赴杭的游子，经年之后还能否有幸于故里留一个薄名？

被"功利"的水心草堂

晚秋时节，笔者赴台州市采风，在黄岩县东南三十里的螺洋——如今是路桥区的一个街道，与同行的文艺家们，在水滨村乘游船游罢港汊迂回的鉴洋湖，刚登上岸，便远远地望见位于村口的一个白墙黛瓦的徽派院落。

那个院落，从围墙的长度估量，颇具规模；但进入的门庭挺窄，上书"水心草堂"几个字，两边是书法楹联，整个看上去很雅致。笔者不知其为何处所，问当地学者余喜华兄，说是永嘉学派代表人物叶适的纪念馆。

说来惭愧，虽然对"永嘉学派"耳熟能详，但对"叶适"这个人物，还是第一次听说。不过，在余喜华兄的讲述中，终于有所了解：叶适，是南宋永嘉（今温州市鹿城区）人，号"水心居士"，为永嘉学派集大成者。

台州的一座村庄，为何要为温州的一名学者，建造一个纪念馆？在参观水心草堂的过程中，笔者没找到明确的答案。因为这个纪念馆，除了摆放着一尊叶适的塑像，以及配着一段关于他的简介，几无其他的文献资料。

事后，从余喜华兄的著作中获悉，叶适的父亲叶光祖，一生以教书为业，因乐清名士王十朋与螺洋余氏二世祖仁交情深厚，介绍作为老乡的他前往教授其子弟，当时尚是少年的叶适便随同而来，住在了螺洋大岙。

不仅于此，叶适在父亲去世后，因母亲仍住此地，28 岁那年娶永嘉人为妻，又将其安置在大岙侍奉母亲。后来，还将一个女儿嫁给大岙人为妻。而他自己在 59 岁被罢官后，常住大岙女儿家，授徒讲学、著书立说。

由于有着这般渊源，加上叶适曾在水滨村讲过学，难怪要为他建一个纪念馆了。然而，说是纪念馆，不仅鲜见有关叶适的陈展，更不要说复原其旧居，整个院落除了一个礼堂用来讲学，就是一个图书馆供乡人阅读了。

当笔者置身其间时，凡是目光所及之处，可谓皆为书籍：书房中心区，自然不必说，处处都是书柜；就算是楼梯间，两壁也是书墙。随即，笔者用手机上网查询，得知这个水心草堂，总藏书量已达 7000 余册之巨。

对于纪念叶适的场所，却没纪念馆的模样，当地的一些学者颇多微词，认为搞得不伦不类。但笔者不以为然，反而觉得这样挺好。特别在之后的时间里，为了写这篇文字，对叶适有了更多了解后，更坚定了这种观点。

其实，作为永嘉学派的核心人物，叶适一贯主张功利之学，说白了就是注重国家民族之功和为民谋利。而水心草堂把纪念馆打造成图书馆，或许不一定是建造方旨在实践叶适的学说，但恰恰暗合了其为民谋利的思想。

这些年，笔者出于工作的需要，考察过全省不少乡村，参观过诸多当地名人乡贤景观，像一些故居、纪念馆之类，其格局大都千篇一律，除了模拟复原主人旧时生活场景，就是陈展关于主人的长篇累牍的图文介绍。

如此，固然可充分展现被展示对象的方方面面，但收到的效果未必理想——参观者哪有那么多时间去了解，无非是走马观花般一览而过，便马不停蹄奔赴下一个景点。久而久之，那些处所成了工作人员的"办公场地"。

水心草堂显然不一样。它把空间留给了乡人，并运用"文化＋科技"，升级成为一个集学、娱、游于一体的多功能场所。尤其是其中的图书馆，开启了时下最新颖的5G智慧阅读之旅，成了乡野间的一处畅读之所。

记得，终身从事图书馆工作的文学大师博尔赫斯曾说："我心中常常暗想，天堂应该是图书馆的模样。被图书重重包围是一种非常美好的感觉。"水心草堂带给笔者的，无疑也是这样的一种感觉，尽管还称不上是天堂。

的确，水心草堂是那么独特，又是那么夺目，犹如一道绚丽的光，带着叶适的思想精髓，从遥远的南宋穿越而来，投射于这个昔日大儒讲学之所，这不只在那个晚秋的黄昏，而且在往后的岁月里，一直闪亮在笔者的心灵深处。

金竺村的"竹"

　　地处银湖街道的金竺村，虽说拥有"环山抱水"之地理特征，但在"既赋山城之美、又具江城之秀"的富阳，就自然环境而言，算不上十分"出挑"，而真正让外界知晓的，是其孕育出的两朵奇葩——毛笔和纸伞。

　　金竺村的毛笔，称为"导岭湖笔"，苦竹制成的笔杆，色泽好，愈经水漂摩搓，愈是滑润耐手，存放愈久，愈是光亮如油；质地坚韧，用刀绞削，不破不裂，竹渣薄如扇页，明透鉴人，观之瘦劲典雅，掂之圆浑凝重。

　　金竺村的纸伞，以竹、木、竹节、皮纸、桐油为原料，经过40道主要工序制成，韧性极好。特别是每把伞的伞骨，是用同一段竹劈成的，收拢时，彩色伞面不会外露，伞骨能恰到好处地还原成一段圆竹，竹节宛然。

　　其实，关于金竺村的毛笔和纸伞，在各类媒体上已有过长篇累牍的报道，包括上述对两者的描述，也皆选自于其中。所以，笔者在此不想再"老调重弹"它们的起源和制作技艺，只想重点讨论一下两者的原材料——竹。

　　说起金竺村的"竹"，必须提到它的"岭"。相传，该岭因多金竹，古称"金竹岭"。明清时期的《富阳县图》《富阳县舆地小志》《富阳县志·图》均有"金竹岭"标载。后因"竹"与"竺"同声同义，便雅化成"金竺岭"。

金竺岭，历来就长着连片的毛竹、苦竹、淡竹。那么，这些竹有什么特别之处？笔者查询了相关资料，发现它们既没有湘妃竹之美观，也没有凤尾竹之动听，更没有龙鳞竹之名贵。也就是说，不过是一些普普通通的竹。

可正是这些普普通通的竹，于二十世纪60年代中期和80年代初，当地人分别从湖笔发源地湖州和西湖绸伞发源地杭州，聘请制笔师傅和制伞艺人传授技艺，并先后办起了导岭湖笔厂和工艺伞厂，被物善其用、物尽所值。

如今，金竺村的毛笔，秉承"精、纯、美"的准则，继承发展了传统湖笔"尖、齐、圆、健"四德齐备的独特风格，产品远销日本、韩国等国和中国台湾地区，2010年湖笔制作技艺被列入杭州市富阳区非物质文化遗产名录。

金竺村的纸伞，在传承和借鉴的基础上创新，伞骨开槽采用国内独一无二的"夹片工艺"，产品享誉国内外，行销日本及欧美，并入选第二届中国民间艺术节精品展，2012年纸伞制作技艺被列入浙江省非物质文化遗产名录。

众所周知，竹是禾本科竹亚科的统称，全世界共有3族约120属，物种数量相当之多。而金竺村的毛竹、苦竹、淡竹，作为一些极为平常的竹种，缘何能够从群竹中脱颖而出，成为名扬四海的"竹"，让自身充满"价值"？

由此，笔者想起一则寓言：有两根竹，一根做成了笛，一根做成了晾衣杆。晾衣杆不服气地问笛："同是一片山上的竹，凭什么我不值一文，你价值千金？"笛回答："因为你只挨了一刀，而我历经了千刀万剐，精雕细琢。"

显然，这则寓言要告诉我们：只有经得起打磨，耐得起寂寞，扛得起责任，肩负起使命，人生才会有价值。但笔者认为，通过竹的不同用途，来阐明这个道理，无疑颇为牵强。毕竟竹不等同于人，它们不具备抉择命运的自由。

金竺村的竹，在被"精雕细琢"成纸伞和毛笔的过程中，虽然也历经了"千刀万剐"，但终究不是"自我选择"的结果，它们无非是被金竺人识中，选去"扛得起责任"和"肩负起使命"，从而使得其"竹生""价值千金"。

确实如此。像金竺村的这类竹，在笔者老家遍山皆是，它们默默地生长在那里，除了繁殖不同的笋供人食用，在当前这个高科技时代，连编织竹器的机会，都已经丧失殆尽，等待它们的，只是开花、结实，然后寂寞地枯死。

应该说，金竺村的竹是幸运的，因为与金竺先人的"神奇遇见"，之后经一代代艺人的"匠心智造"，在不同时代赋予不同的内涵，使它们原本平凡的"竹生"，在这个时代绽放出了奇异的光彩。竹如斯，人又何尝不是如此呢？

"千年金衣"背后的"匠心"

豆腐皮，作为一种豆制品，在日常生活中，是极为常见的，我们从小到大，应该没少食用。而这次作家赴富阳采风活动中，听说要考察东坞山豆腐皮，笔者不禁感到有些意外，暗想：那能考察出什么东西来？

怀着这样的疑惑，笔者随团来到了东坞山，这是银湖街道的一个村，毗邻大洋坞水库，因为时值炎热的夏季，并非生产豆腐皮的时节，我们无缘参观制作工艺，只是去察看了一条古道——东坞山大洋坞古道。

那是一条毛石古道，掩映蜿蜒于竹林间，据道边木牌上的文字简介，该古道分两支至半山腰，后分成五路与外界相连，其中之一通往杭城龙坞上城埭，是向灵隐寺及其他寺庵输送豆腐皮等素餐原料的主要通道。

由于时间限制，我们无法重走古道。不过，这并不重要。通过那些被磨损得极其光滑的毛石，不难想见当时的东坞山人肩挑背扛着一筐筐豆腐皮，翻山越岭频繁往来于这个山村与杭城各大寺院及餐馆的情景。

望着这条古道，笔者重新审视东坞山豆腐皮。豆腐皮，只要有毛豆之地，便可制作。而杭城那么一座大城市，想必不会没有生产豆腐皮的作坊，偏偏要从这个偏僻山村进货，足见东坞山豆腐皮有着独特之处。

果真，从陪同我们考察的工作人员口中得知，东坞山豆腐皮制作始于唐代，已有 1300 多年历史，因其薄如蝉翼、轻似绢纱、油润光亮，有"金衣"之称，且油润白净、落水不糊、味道鲜美，颇受当地僧尼欢迎。

随即，笔者查证相关资料了解到，鉴于东坞山豆腐皮品质优异及寺院相互传播，名气越来越响亮，发展到后来，不光在杭城各大寺院，甚至在江、浙、沪一带，尤其在佛教界久负盛名。到了明代，被列为贡品。

那一张张不起眼的豆腐皮，缘何能步入"光荣大道"？追寻轨迹，不失为一条"荆棘路"——它的制作工序极其复杂，要历经磨豆、去壳、渣浆、吹风、刮浆、烘干等众多步骤。特别是"吹风"工艺，尤为关键。

特别需要指出的是，东坞山豆腐皮为什么与众不同？真正成因在于：东坞山人在长期的生产实践中，摸索出了一套属于自己的"绝技"——"三口风"吹出"千年金衣"。那"三口风"就体现在"吹风"环节：

当豆浆在锅里初形成皮时，先吹"头口风"，用竹篾条将皮挑起，轻贴于竹棒上；紧接着吹"二口风"，借风势抽出竹篾条，留皮在竹棒上；再吹"三口风"，将皮鼓起，乘势用竹篾条刮掉多余豆浆，使皮匀而薄。

这看似简易的"三口风"，实则上是无数代东坞山人智慧的"结晶"，更是需要制作师傅经过数年练就的"本领"。当然，它也是让东坞山豆腐皮"出类拔萃"的"绝活"，以至于时至今日，仍旧让其获得无数殊荣。

然而，随着时代的发展，科技的不断进步，现在的东坞山豆腐皮，无须再用手工制作，"蒸汽制作、蒸汽烘干"，已成为响亮的推广语。但东坞山人创造并传承千年的"三口风"传统技艺，于这个时代依然熠熠生辉。

究其原因，不外乎"将工艺做到极致，以细节成就精品"。虽然，随着时光的流逝以及我们曾经对工匠的漠视，已无法打捞起隐藏在"东坞山豆腐皮"这项非遗技艺背后的一个个传承人默默坚守、奋勇前行的故事。

但"东坞山豆腐皮"的传世，足以让我们认识到：它不仅是手工技艺的流传，也不仅是文化信息的保存，更是闪耀着历代传承人秉承的"心心在一艺，其艺必工"之精神。而这种精神，正是当前稀缺的，弥足珍贵。

沉默的北海塘

2019年9月的一天，供职于一家传统文化杂志社的笔者，应地域文化研究者翁迪明老师的邀约，赴杭州市萧山区衙前镇新林周村，参加在"张夏行宫"（民间信仰活动场所）举行的"张夏祭"民俗活动。仪式结束，用餐尚早，在翁老师的带领下，与一帮"张夏文化"研究者，沿"张夏行宫"旁的海塘路，步行去看海塘石。

那些海塘石，就在"张夏行宫"不远处，整齐地裸露于海塘路基左侧，每块巨石均呈条石状，重达好几千斤，表面打磨得较为平整，以七层之数交错叠砌。或许曾受潮水和岁月的淘洗，那些海塘石的裸露部分，色泽斑驳、满目沧桑，给人粗犷深远之感，宛如历经战火洗礼的老兵，显得雄浑厚重、苍劲有力，却不事张扬。

据翁老师介绍，这条海塘路是北海塘的一段。关于北海塘，原北临钱塘江，在萧山之北，故名；跨由化、由夏、里仁诸乡，横亘四十里。而海塘路，为北海塘的重要堤段，在新林周和大树下（地名）之间，曾因塘堤遍植柳树，称之为"万柳塘"，现存石塘约300米，经专家考证系近千年前的北宋张夏督建的海塘"原作"。

张夏，就是我们那次祭祀的对象，其出生地在萧山长山（今新塘街道），排行六五，称"十一郎官"，其父张亮曾为五代吴越国刑部尚书。宋景祐年间（1034—1038），张夏以工部郎中出任两浙转运使。其时，浙江钱江海塘年久失修，分段守护。杭州的江塘原用木柴、泥土垫筑，常被江潮冲毁，他首次发起改建为石塘。

值得一提的是，张夏的那番"改建"，开创了"叠砌法"之先河。在他之前，杭州的海塘，按照历史记载，经大禹治水后，便形成了雏形，早在东汉末年，就开始筑塘御潮，后历朝历代屡次修建，其类型也可谓丰富，经历了土塘、竹笼石塘、柴塘等。直到他主持修建时，才采集六面修凿平整之巨石，叠砌七层筑成石塘。

尽管张夏发明"叠砌法"不到10年，根据北宋历史记载，王安石就发明了全新的"纵横叠砌法"。那种方法，对当时及后世的海塘建造影响甚大，后人纷纷仿效。越到后面，筑塘技术更加精湛，嘉靖二十一年（1542）浙江水利佥事黄光昇创筑鱼鳞石塘，直至清代，在沿海险要地段所砌石塘，大多采用了黄光昇的筑塘法。

但这并不影响张夏治理萧山和钱塘两县海塘之丰功伟绩——他生前，多次得到朝廷嘉奖；因公殉职后，历朝屡次追封，当地百姓尤其感念其功德，尊称"张老相公"，于宋仁宗庆历年间（1041—1048）立庙于堤上，并敬奉为"潮神"。纪念他的相公庙，上至诸暨，下至绍兴，乡乡皆有，萧山更是"沿江十八庙，庙庙供张公"。

然而，随着时光的流逝，由于钱塘江水域改道，横亘四十里的北海塘，彻底告别坍涨不定的局面，淤积而成一片沙地，其间垦荒种植棉桑，出产富饶，塘内住户纷纷迁入居住，出现了一番男耕女织的新景象。1949年后，当地在北海塘上改建公路，将部分塘堤拆除，万柳塘便被埋没无闻，至 2008 年因翻修村道才重见天日。

同样，作为为钱塘江沿岸人们造福千秋的张夏，也因海水的自然退却和改道，抑或围海造田的点滴推进，原有北海塘失去了抵御潮水的功能，而被渐渐淡忘在历史的长河中。在撰写此文前，笔者询问了几位萧山的文友，他们几乎不知这位旧时当地民众最信仰的神灵；包括笔者自己，在去年参加"张夏祭"前，也是前所未闻。

当前，钱塘江文化，成了热门话题；"弄潮儿"精神，尤其成为热门之核心。但我们在倡导"江文化"的同时，不能忽略了"塘内涵"。如果说，我们的城市因"江"而兴，那么它更是因"塘"而存。确实，正是因为有了北海塘，萧山这座城市才得以生存、发展和繁荣。而构成塘堤的，便是那一块块被叠砌着的沉默的海塘石。

由此，笔者又不得不提及张夏。检阅北海塘那条贯穿千年历史的塘堤，他或许只是其中的一块海塘石，但他用智慧、血汗和生命叠砌而成的、如今展现于世人面前的，不仅仅是一条因钱塘江北移几近废弃的备塘，也不只是一道曾守护塘内百姓岁月静好的安全线，而是一种抗击自然灾害、构筑和谐生态、提倡廉政为民的精神向导。

令人欣慰的是，当地政府和民众没有忘记这位治水英雄、筑塘功臣、爱民良吏。近年，新林周村通过群众集资重建了"张夏行宫"，将张夏作为"靖江大帝"和围涂造田的祖师爷予以敬奉崇祀。萧山区党政及各乡镇政府对"张夏行宫"及其"相公庙会"也极为重视，专门拨款修缮古建筑等，并列为非物质文化遗产保护名录项目。

生长在秦始皇陵上的杂草

　　距离浏览秦始皇陵遗址公园，已过去了漫长十五年。于我依稀的印象中，该处在西安众多景点里，也许是最不具看点的——一个偌大而空荡的园区，耸立着一个高大的土丘，除此再无别致的景观。

　　然而，在这么多年里，我始终对此念念不忘，也曾多次欲提笔书写。是记录它的神秘莫测，还是描绘它的雄伟壮丽？显然，都不是的。我只想写写覆盖其上的"封土"，以及生长于斯的"杂草"。

　　那么，何谓"封土"？其实，说破了就是"坟头"。不过，那只是针对普通百姓而言的。对于中国历代帝王，因其"坟头"庞大，且造得气派，为表示帝王之显赫地位，则专称为"封土"。

　　而作为十三朝古都，西安是不乏"封土"的。在那个地方，先后有西周、秦、西汉、新莽、东汉、西晋、前赵、前秦、后秦、西魏、北周、隋、唐共十三个王朝建都，光是帝王的陵墓，就有四十余座！

　　那么，为何我独"爱"秦始皇陵？这应该归"功"于秦始皇陵的"封土"。因为相对于其他帝陵，它是那样与众不同！

　　首先是高大，据《汉书·楚元王列传》载"其高五十余丈，周回五里有余"，换算成现在的尺寸，高 115 米，底部面积约 25 万平方米。其次是坚固，据说是用方夯白灰、沙土、黄土掺合而成，又用糯米汤浇固，并加了铁钉。

当然，最特别的是，据当地流传的一种说法：秦始皇陵的"封土"，取自咸阳原上，是炒熟的！听一位家住秦始皇陵村的耄耋老人说，他小时候陵上只长不到 1 尺高的碎蒿蒿，再长不高，其他啥都不长了。

把"封土"炒熟？这听起来，是何等不可思议。但想明白了，其实很好理解，就是为了让皇陵上寸草不长。可又为何不让皇陵上长草呢？这就是唯我独尊的秦始皇嬴政，希望自己死后依然能"至高无上"吧。

显然，这不是妄自推断。嬴政一统六国后，自认为"德兼三皇，功过五帝"，就自称"始皇帝"，希望从自己开始，他的后世称二世、三世，以至万世，传之无穷。同时，为了使自己的地位神圣化，还采取过一系列"尊君"措施。

可是，这一切不过是嬴政的臆想罢了。

事实上，那座被嬴政及其儿子胡亥最多时用刑徒七十二万人、费时三十九年精心打造的陵墓，在嬴政下葬后才三年多，就被攻入关中的项羽大规模破坏；此后，在新莽末年、魏晋时期、唐代末年、五代时、清光绪年间、民国初年等不同时代，屡遭盗掘。

更值得一提的是，在他死后，秦二世胡亥仅当了三年皇帝，便被丞相赵高逼杀。随即，赵高去秦帝号，立子婴为秦王。而那位所谓的"秦三世"，在位只有四十六天，就投降刘邦，后被项羽所杀。如此一来，嬴政一手创建的秦朝，仅仅延续了十五年，就灭亡了。

一个"怀贪鄙之心，行自奋之志，不信功臣，不亲士民，废王道而立私爱，焚文书而酷刑法"的暴君，以为把自己的陵墓打造得规模宏大、固若金汤、寸草不长，就可以唯我独尊、至高无上，让自己所创建的政权世代相传？这正是嬴政的愚昧荒诞之处。

"秦欲万世传，未及三世撤。"对于此，同样身为帝王的唐太宗李世民曾一针见血地指出："始皇暴虐，至子而亡。"而西汉著名政论家贾谊则在其代表作《过秦论》中这样总结道："一夫作难而七庙隳，身死人手，为天下笑者，何也？仁义不施而攻守之势异也。"

确实，唯有施仁义于国民，才能长治久安。在这个方面，宋朝开拓者赵匡胤无疑是一个典范。他如北宋理学家程颐所言"救五代之乱，不戮一人"，宋朝虽二度倾覆，但皆缘外患，是唯独没亡于内乱的王朝，享国三百一十九年，真正达到了"赵氏之祀安于泰山"。

行笔至此，我还想补充的是，那个时代运输能力不行，靠百姓穿着的大襟，把炒熟的土，我撩给你，你撩给他，传递到临潼，覆盖于秦始皇陵上的封土，终究违背不了万物生长之自然规律，在我去浏览的当年，早已杂草丛生！

倘若嬴政地下有知，又会作何感想？

自然，这只是一个假设。"精神居形体，犹火之燃烛矣，……烛无，火亦不能独行于虚空。"这一切，对嬴政来说，为时已晚，但对于生活在当下的我们，或者说对于我们的后人，不失为一种极妙的"借鉴"。

那一个高大的土丘呀，实在是一面历史的明镜！

寂寞的"南宋石经"

　　我供职于一家传统文化杂志社后，收到一位学者朋友报送的选题，是关于"南宋石经"的。可编辑部在讨论该选题时，觉得它过于"小众"，最终未获通过。尔后，我们杂志社考虑做一个"良渚文化"的专题，而我的那位朋友正好是那方面的专家，我提议由他来为我们撰稿，便去他的单位，跟他商议选题策划方案。

　　这次见面，我们聊完"良渚文化"，提及了"南宋石经"。虽然那个选题已被搁置，但朋友还是热情地带领我们，前往他单位旁的孔庙，去观赏那部石经。于一间名为"石经阁"的建筑里，我见到了阵列其中的"南宋石经"，它们一块块竖立在那里，被玻璃镜框严密罩护着。听朋友说，原本有200多块，现存85块。

　　这些比我个子略矮的碑石，历经近900年的岁月洗礼，加之人为的破坏，大部分经过了拼补，只有小部分是完整的；除了偶尔几块字迹尚清晰，绝大多数剥蚀漫漶。朋友介绍道，这上面分别刊刻的是《周易》《尚书》《毛诗》《春秋左传》《论语》《孟子》《中庸》，其墨迹书法"楷法端重，结构浑成"（明代文征明语）。

　　由于之前朋友报送过选题，我对这部石经有所了解：它系宋高宗赵构日常练字时所抄的儒家经典文字，也有吴皇后续书，在秦桧主持下刊刻上石，并立于太学，将石刻墨书颁赐各州学，其目的：一让天下学子观瞻天子书法之妙，并从中获得教益；二让天下学子得知皇帝对儒家经典推崇备至、勤学不倦，以便学习效仿。

当然，还有一层更深的用意：赵宋一朝，历来奉行右文抑武政策。绍兴十二年，宋金达成"绍兴和议"，南宋王朝结束流离转徙的态势，进入了安邦治国、偏安东南的新时期，当政者在岳飞故宅兴建太学，刊刻御书石经这一举措，蕴含着南宋由积极进取、收复故土的主战思想向和平相处、发展国力的求和思想转变。

应该说，这部由皇帝御笔亲书的"南宋石经"，是炫耀文治的一种手段，是儒家经典与书法结合的较好范本，客观上起着标准教科书的作用。同时，也是"四书"形成初期的明显标志，对于南宋儒家学说的传播弘扬发挥了重要作用。其内在的主导思想，与随后南宋经济、文化、社会的高度繁荣，有着千丝万缕的关联。

而如今，随着时光流逝、朝代更迭，"南宋石经"不仅已不是足本，字迹也多有残剥，且失去了思想教化功能，更毋论政治权威导引了。然而，作为汉民族古代辉煌的一种文化现象，距今870余年前的尚存实物，它仍不失为融政治性、思想性、文化性和艺术性于一体的集大成之作，可谓"千秋留故迹，光彩耀残碑"。

可令人遗憾的是，这部极具价值的石经，似乎并不再受世人待见，在此次实地观赏之前，我未曾听说过有这等"宝物"，我的那些编辑同人同样前所未闻，就算在我们观赏期间，长达半小时的时间段里，也不见有一位游人入内，整个石经阁显得异常落寞，那一块块石经默默地肃立在那里，仿佛无言地诉说着内心的寂寞。

　　在随后的一段时间里，每当想起"南宋石经"，我总会替它感到委屈：这么珍贵的一部石经，怎么可以"深藏闺中无人识"！是它的主人"不惜纳贡称臣、杀害岳飞父子"之行为令人反感，从而祸及"南宋石经"？但情况好像并非如此，其"结体整秀，有晋人法"的书法艺术，还不是拥趸甚众，且让他们无比膜拜？

　　再说了，宋高宗与金议和，并非皆"过"，也有"功"在：它结束了长达十年的战乱，避免了神州萧条、生灵涂炭，基本奠定了南宋后期的和平局面。为此，美国历史学家贾志扬在《天潢贵胄：宋代宗室史》中说："宋朝之得以复兴，要归功于赵构的逃跑。"中国宋史学会会长朱瑞熙则称之为"南宋的'中兴之主'"。

　　如斯一想，"南宋石经"受冷落，应该不属此因。作为曾经的"标准教科书"，其在南宋享尽尊荣，到了清朝依然备受追捧，是鉴于"四书五经"乃科考书目。可一旦在废除科举的清末，自然便被"杂陈荒野"了。当下，它成为文物被珍藏，鲜为人知也合乎情理。这宛如烟花，不可能永久绽放，有过瞬间璀璨也就够了。

包拯的三口铡刀

　　"铜锣开道人呐喊，谁人不知包青天。我身边随带着张龙、赵虎、王朝和马汉，三口铜铡神鬼寒……"随着包拯上场表白，四名衙役雄赳赳、气昂昂地将三口铜铡抬至堂上，安放周正，上前抖开黄龙袱套，露出三口光闪闪、冷飕飕，令人心胆俱寒的行刑刑具……

　　在笔者孩提时代，看过的所有包公戏里，"开铡"是耳熟能详的场面，也往往是整部戏的高潮。于是乎，很多戏曲干脆将包公戏目总结为"大铡"，那三口"刑外之刑，法外之法"的铜铡，自然也就成了包公戏的符号，以及包拯秉公执法、刚正不阿的象征。

　　随着年岁的增长，笔者无缘再看包公戏，关于那三口铡刀的记忆，便在脑海里渐渐地淡去。然而，前一段时间，全家的一次开封之旅，让笔者在新建的开封府和包公祠，再次见识了醒目地陈列于大堂之上的那三口铡刀，于是重新勾起了那一抹沉睡已久的记忆。

　　可是，这次的"意外重逢"，并未强化笔者对素有"包青天"之称的包拯的好感，相反从内心对他制造出那三口铡刀滋生了一种不舒服。正如一个网友所说的那样："老包铡个死犯还得像洋人吃西餐一样讲究，这道菜用刀，那道菜用叉，一点都不马虎。"

确实，据《三侠五义》第九回"断奇冤奏参封学士　造御刑查赈赴陈州"描述，包公被宋仁宗封为龙图阁大学士，仍兼开封府事务，前往陈州稽察放赈，宋仁宗"又赏了御札三道"。包公暗示师爷公孙策，把"札"字当成"铡"字，设计出了龙、虎、狗等三口铜铡。

而那三口拥有"尚方特权"的铡刀被制成后，分别应用于不同权力等级及民间市井的死犯——龙头铡可铡皇亲国戚、凤子龙孙；虎头铡可铡贪官污吏、祸国奸臣；狗头铡可铡土豪劣绅、恶霸无赖。这也无不折射出"享受"那三种刑具的人物的身份地位的象征。

是呀，包拯你作为一个"大青天"，要铡死犯就铡好了，干吗还要分出龙、虎、狗？不过，待笔者查证之后，发现冤枉了他。因为关于铜铡的来由，不同人持不同的说法。有学者称，那三口铡刀的真正出处是上古时期的龙牙、虎翼、犬神"三大邪刀"传承而来。

当然，这种说法也被人质疑，理由是从实际情况看，即便上古时期真的存在龙牙、虎翼、犬神"三大邪刀"，也不大可能会保存到宋代。再说了，宋代基本上沿袭五刑制度，死刑种类据考只有斩、绞和"凌迟处死"，包公所处的北宋时期，根本不存在铡刀这种刑具。

而且，在历朝历代中，宋朝对文化人最为宽容。赵匡胤坐定天下后，还颁布了"祖宗家法"，据北宋叶梦得在《避暑漫抄》中记载，其中第二条讲的是："不得杀士大夫及上书言事人。"官员士子即使犯了案，也不可能被随便斩首，最多就是流放，更何况是皇亲国戚。

这也就是说，包拯根本不可能有那三口铡刀。它，无非是后人杜撰的产物。那为什么要编造出那些刑具呢？按有关学者的说法，一、古代民众无力反抗贪官，只能寄希望于明君和清官；二、他们对遵循烦琐的法律程序惩治贪官没信心，幻想先斩后奏，一招制敌！

但是，当笔者在游玩开封府和包公祠时，听着导游津津乐道于那些刑具象征"天子犯法与庶民同罪""刑上大夫"，不禁感到悲哀。民间虚构出那三口铡刀，固然具有"律前平等"的"法律至上"思想，但更多的蕴含着"人有贵贱之分"的封建等级之"渣滓"呀。

所以，在对待那三口铡刀的问题上，我们实在不能一味地唱赞歌，还须清醒地认识到"杀头都还有个三六九等的区别"这种等级制度的可恶。要不，真的就糊涂地成了鲁迅先生在《拿来主义》中描述的"接受一切，欣欣然的蹩进卧室，大吸剩下的鸦片"的"废物"了。

角落里的女人

　　这是一片暗灰色的老建筑群，坐落于杭城一条叫长生路的街边。在最近几年的时间里，笔者每天上班都要路过这里，它离喧闹的西湖虽咫尺之遥，但相比之下显得有些落寞。不过，听说这个地方在韩国的知名度颇高，韩国历任驻上海总领事上任后必须到访。它，就是大韩民国临时政府杭州旧址纪念馆。按该馆接待中心部长的话说，如果没有在浙江的这段韩国临时政府历史，此后韩国的历史将要重写。

　　然而，笔者并非学者，无意考证韩国临时政府在浙期间的史实，只是对一个叫朱爱宝的船娘产生了兴趣。因为之前在网上查阅被誉为"韩国之父"金九的资料时，不经意中看到他在中国期间曾经遇到过这么一个女人。尽管在金九的一生中，她犹如昙花一现，但在他心里留下了深刻的印记，直至晚年依然对她念念不忘，自称："我和她在不知不觉中产生了类似夫妻的感情……"这也激发了笔者了解她的欲望。

　　2014年深秋的一个上午，笔者走进了这个纪念馆。这是一幢建于民国时期的洋房，一处典型的老杭州民宅，褪了色的赭色玻璃窗诉说着岁月的沧桑。据该馆工作人员介绍，现在这个展馆面积比旧址扩大了三倍，部分复原了20世纪30年代的旧貌。馆内设有四个展厅，有当年临时政府的迁徙图，以及中韩人民并肩战斗的事迹。但是，这些不是笔者关注的重点。笔者只想在其间，寻觅关于船娘朱爱宝的一些往事。

笔者找遍了整个纪念馆，终于在二楼一个展厅角落，发现了她的一幅照片和些许文字：朱爱宝为了"广东人张震球"的安全，与金九扮成夫妇，每日坐船来往于运河中，帮助金九摆脱了日本宪兵的追捕。1936 年，金九离开嘉兴独自来到南京。获取这一情报的日本宪兵为追捕金九派遣了暗杀队。金九自己不能保障自身的安全，所以把朱爱宝从嘉兴接到南京，装扮成古董商夫妇。这对金九在南京的隐蔽生活有很大帮助。

确实，只有这么一些。可在金九旅居中国期间，那个只知道他是广东人的朱爱宝，整整服侍了他将近五年的时间——在嘉兴时，他托身于她，常住在船里，"今天睡在南门外的湖水边，明天睡在北门外的运河岸，白天再上岸活动"。迁居南京后，他又请她过去同居，"如警察来查户口，由朱爱宝对答应付，出面说明一切。金九就可不露面，免蹈覆辙"。按金九在《白凡遗志》中的话说："她照顾我实在功劳不小。"

正是这么一个对金九恩重如山的女人，在南京沦陷之前，金九要随临时政府转移长沙，"我把朱爱宝也返回她老家嘉兴去了"。从此，就失去了联络。其实，如果金九真想找回朱爱宝，还是可以如愿以偿的。毕竟从 1937 年西迁长沙，到 1945 年朝鲜光复归国，这八年间金九一直在中国。但对于他这样一位独立运动家而言，抗日复国才是头等大事，儿女情长也许可以忽略不计，更何况朱爱宝只是用来为他保障安全的。

那么，对于朱爱宝来说，这又意味着什么呢？虽然，后来有作家这样表述："这个无怨无悔的女人，选择的是无须表达的奉献。"也有学者如此考证："她回到了嘉兴，弃船上岸，用剩余的钱，在南门河埠开了一家明月茶馆。后来，嫁给了一个叫郁金生的烧饭师傅，搬到了东栅居住，改名朱桂宝。"但终究都只是杜撰罢了。由于与金九失去了联络，朱爱宝的下落便成了谜，她的爱恨情仇，后人也就无从知晓了。

其实，类似于朱爱宝这样的女人，在轰烈的革命运动中或许还有很多，她们无怨无悔地奉献自己，最终却被湮没于历史的尘埃中。应该说，金九算是一位有良知的运动家，在晚年还能充满感慨和自责地回忆那段往事，以便我们"打捞"出朱爱宝这个普通的船娘，让其在纪念馆角落占据一席之地。而正因如此，让我们看到了金九这位韩国独立元勋人性中的温度，司时也为后人了解那场抗日复国运动提供了新的角度。

"抢镜者"的结局

前些日子，陪父母去某公园游览。在那里，谋过面的不下百人，但此刻能让我回想起的，只有那么一位。当时，我们正观赏园内的小火车，一个上了年纪的矮瘦男人，带着一个年轻女子，从身边跑过，显然去坐小火车的。他穿着风衣，戴着礼帽，走路时脚抬得很高，跑起来的样子很怪异，像鸭子似的。他跑到小火车前，也不像其他乘客买票上车，而是在那边来回走动，朝车厢内东张西望。等小火车快启动了，才急匆匆跑上车。这倒也罢，小火车开动后，他又现身中间车厢门前，摆出各种姿势自拍，还不时朝围观的人群挥手致意，惹得我们哈哈大笑，母亲忍不住说："这也是个活宝，都一大把年纪了还发'鲜'！"

这是一个爱"抢镜"的人。

其实，在当下，各行各业里，都不缺这样的人。他们混迹于各种场合，凡是有活动的地方，就会有他们的身影。他们时常在媒体上露面，要么衣着怪异在装神弄鬼，要么喷着唾沫在高谈阔论。他们的名气一律如雷贯耳，但曾经做出过些什么？目前具体在做些什么？究竟做得怎么样？我们一概不知道，也无从了解。

至于这类人，要说他们有什么重大危害，确实也谈不上，他们靠"抢镜"博出位，但害处还是有一些的，即他们不择手段地

"抢镜",侵占了原本不该属于他们的权益和名利,扰乱了整个社会的公平原则,助长了所处时代的歪风邪气。

不过,"镜"也不是那么好抢的,并非每个人都有这种能力。首先,得脸皮厚。自然,能练到恬不知耻的程度,那是最好不过了。倘若,人家没邀请,你不好意思去凑场子,也就失去了"抢镜"的机会;即使,场子是去凑了,但因没多少真本事,不敢睁着眼瞎吹嘘,那迟早也会被淘汰出局。其次,精力要充沛。你要具备每天奔来跑去的体力,还能够经常熬得起夜。假如,你连熬两个通宵就病倒了,肯定会比人家少赶几个场子,从数量上已输给了对方。再次,要不负责任。因为你老是在外混场子,对家庭不可能再顾及了,这是一把双刃剑。

当然,"抢镜"虽然利益很明显(这些我在上文多少有所提及,这里也就不再赘述),但风险也是蛮大的。2016 年的时候,某画家跨界搞书法,为了"抢镜",宣扬"性书法",成为千夫所指,遭万人唾骂,结果被中国美协取消了会员资格。

从上述案例中,我们不难看出,"抢镜"也是利弊并存。但得到的"利",说破了也只是眼前利益:得利薄的,获取一些混场费,改善一下生活条件;得利厚的,充当着权威,坐上了主席台。可"抢镜"有一个致命的缺陷,它不同于正常的"出镜",虽然暂时露了一下脸,但终究不会长久。纵观古今中外,还真没哪个"抢镜者",能够真正名留汗青的;即便留下来了,也只是一个丑角。就像我开篇提到的那个矮瘦男人,留给我们的无非是不良印象。所以,那"镜"不抢也罢!

第四辑

思考的力量

项羽自刎的意义

"好死不如赖活"，中国自古不提倡自杀，认为"活着，一切都可能改变；死去，意味着放弃了这一权利"。但在五千年历史长河中，自杀者还是不计其数，其中不乏名人雅士，不过被称颂的倒极为鲜见，而"西楚霸王"项羽，算是其中的一个特例。

确实，项羽是自杀的。据《史记·项羽本纪》记载，他在楚汉战争中被刘邦打败，逃到乌江江畔，时有乌江亭长劝其渡江，以图东山再起、报仇雪恨，但他以"天之亡我，我何渡为！"和"纵江东父兄怜而王我，我何面目见之！"为由，便拔剑自刎了。

其实，纵观当时的局势，项羽选择自刎，应该是不二之选。尽管乌江亭长对他说："今独臣有船，汉军至，无以渡。"但项羽心知肚明，追来的"五千骑"毕竟不是吃素的。那个时候，不要说借助一艘船，就算项羽变成了一只鸟，估计也是插翅难飞的。

再退一步讲，就算项羽成功渡过江去，在"地方千里，众数十万人"的江东，能否像乌江亭长所说的"亦足王也"，也是一个未知数，这就如北宋诗人王安石后来分析的那般："百战疲劳壮士哀，中原一败势难回。江东子弟今虽在，肯与君王卷土来？"

但让笔者迷惑的是，这明明是"非死不可"的"拔剑自刎"，却被描绘成了"士可杀不可辱"的"慷慨壮烈"之"就义"，并为后人反复吟唱。特别是宋代女词人李清照，还无比崇拜地赞叹道："生当作人杰，死亦为鬼雄。至今思项羽，不肯过江东。"

当笔者提出这个异议时，也许有人会极力反驳，说因为项羽是盖世英雄，所以其死也就非同寻常了。但笔者认真阅读了被鲁迅先生誉为"史家之绝唱，无韵之《离骚》"之《史记》中的《项羽本纪》，实在看不出项羽"英雄"在哪里，更不要说"盖世"了。

先说项羽少年时期，"学书不成，去；学剑，又不成。"他的叔叔项梁生气了，他就借口："书以记名姓而已。剑一人敌，不足学，学万人敌。"项梁真教他兵法了，但他最终还是"略知其意，又不肯竟学"。这足以说明，项羽从小就是三心两意、不学无术之辈。

他走上灭秦之路的初念，也无非是观看了"秦始皇帝游会稽，渡浙江"，而想"彼可取而代也"。在这个方面，与汉高祖的想法可以一拼，刘邦也是看了秦皇帝而喟然太息曰："嗟乎，大丈夫当如此也！"出发点都只是私欲，不像陈胜、吴广，为了"伐无道"。

特别需要指出的是，就算在抗秦期间，他也多次残暴屠城与杀降，在《项羽本纪》就清晰地记录了六次：襄城屠城、城阳大屠杀、新安大屠杀、咸阳大屠杀、破齐大屠杀和外黄大屠杀。连太史公都不得不多次惊骇云："何兴之暴也！""嗟彼盖代，卒为凶竖！"

应该说，在这一点上，刘邦就仁爱多了，尽管也有屠城经历，但在项羽死后，他"以鲁公礼葬项王谷城"。"为发哀，泣之而去。"更加难能可贵的是，对项氏家族不分旁支远近一概不究罪、不追杀，还封项伯为射阳侯，赐桃侯、平皋侯、玄武侯等为刘姓。

再来说项羽的自刎，虽然千百年来，后人对此众说纷纭，有的认为他不该自杀，也有认为他应该自杀，但争论的焦点都落在"假如他不自杀，是否还能卷土重来"上，而争论的双方，就项羽作为一代霸王，以乌江自刎了却一生，或多或少表示了扼腕叹惜。

然而，在2200多年后的今天，当我们重新审视那段历史时，笔者觉得项羽自刎无疑是一件好事。俗话说：不怕一万，只怕万一。假如他有幸渡过了江，真在那边养精蓄锐，卷土重来，再搞一次楚汉之战，那连绵数年的残杀，对广大百姓而言，岂不是灭顶之灾？

窃以为，项羽之所以被后人奉为"英雄"，实在不应是"羽之神勇，千古无二"（清代女学者李晚芳语），倒应是"不渡江东，拔剑自刎"。尽管其自刎之意，非"毋徒苦天下之民父子为也"，但无意中提前终结了"年年战骨多秋草"之局面，也算是一种功德吧！

乾隆的"钤印"

　　中国历史上涌现过无数文物收藏家，倘若要评选出一名"冠军"，那非爱新觉罗·弘历莫属。他不仅是清朝皇帝——年号"乾隆"，也是举世无双的文物收藏大师，特别是传世的书画作品，竟然收藏了1万多件！记录这些书画藏品的著作，就有《秘殿珠林》《石渠宝笈》两大部，前者专记宫藏宗教题材的书画，后者专记宫藏一般题材的书画及其他。光编纂这些大型书画著录，前后就花费了74年之久。

　　更值得一提的是，乾隆不仅致力于文物收藏，还非常重视文物鉴赏，尤为癖好阅赏钤印。据统计，他一生共治玺印1800余方，故宫现存的就有1000余方，其中相当一部分是鉴赏印，刻制着"乾隆宸翰""比德""朗润""半榻琴书""犹日孜孜""五福五代堂古稀天子之宝""八征耄念之宝""十全老人之宝""太上皇帝之宝"等五花八门的印文。他在书画经常使用的印玺，《中国书画家印鉴款识》收录了172方。

　　根据史料记载，书画上钤印，最早见于唐代的书法上，绘画作品上尚未见到；到了宋代，书画上用印还颇少；至元末明初，逐渐增多；明中期之后，几乎没有不用印的了。可到了乾隆时期，愈加登峰造极，他在有些书画上，钤印多至一二十方。例如，隋代展子虔的《游春图卷》钤了 10 方、明朝董其昌的《临柳公权兰亭诗卷》钤了 17 方。尤其是他较为喜爱的晋唐两宋绘画，凡是空白处，基本上都钤满了印玺。

在书画上钤印，作为鉴定、欣赏、收藏之标志，本来无可厚非，但乾隆在诸多宫藏书画上，鉴藏印玺这样的重要标志时，往往有着随心所欲、肆意妄为之嫌，譬如：在唐代韩滉的那幅尺寸不大的《五牛图卷》，只要是空白的地方都钤满了他的印玺，使原本疏密有序的布局变得拥挤不堪；又如，东晋王献之的《中秋帖》，印玺盖得简直密不透风，铺满了整张纸，令人怀疑那钤印是否是那幅书法作品固有的底色。

众所周知，在清朝皇帝中，对文化事业的重视，当以乾隆为最。在图书编撰方面，他亲自倡导并编成了大型丛书《四库全书》。在清朝宫廷绘画方面，以他执政时期最为兴盛，在他即位之初，便将宫廷绘画机构正式命名为"如意馆"，其中的著名"画画人"，就有张宗苍、丁观鹏、金廷标、郎世宁、方琮、姚文瀚等。与此同时，还拥有被后人誉为"乾隆朝四大书法家"的翁方纲、刘墉、成亲王永瑆和铁保。

也就是说，在整个乾隆时期，在他的身边，并不缺审美情趣高雅的文臣画师，当他们亲眼目睹其在那些宫藏书画上胡乱钤印的时候，想必不会没有意识到那是对历代书画珍品的践踏。然而，现今查阅那个时期的文献史料，没留下任何他们对其劝阻的只字片语。这是否意味着在乾隆执政的整个时期，那些文臣画师根本不具有话语权，抑或惧怕因谏言惹来杀身之祸而缄口不言？毕竟，那个时代不同于开明的宋朝！

确实，追溯那段历史，我们不难发现：乾隆在执政初期，集中力量纠正前两朝特别是雍正朝的一些弊政，继承和革新了前朝所有积极意义的政策，让社会、经济、文化均有了进一步发展；执政中期更是推动清朝进入了文治武功兼备、疆域空前辽阔、社会繁荣、文化发达的"康乾盛世"。可中年以后，他大权独揽，开始好大喜功，奢侈无度，喜谀厌谏，在晚年格外明显，使整个清王朝由盛转衰。

特别需要提出的是，乾隆一方面大力发展文化事业，一方面又大兴文字狱。据相关资料记载，从乾隆二十年（1755）至乾隆六十年（1795），各种类型的文字狱案件约有一百一十起，几乎占了整个清朝全部文字狱案件的百分之七十左右。因文字之祸而受到株连的各阶层人士，不但在范围上遍及全国，而且在数量上也大大超过了前期。这些文字狱，对当时和此后中国社会和文化的发展，无疑产生了极为恶劣的影响。

由于处于这样的大环境中，当时的广大士人为了明哲保身，除了颂扬天子圣明之外，谁还敢斗胆直陈？这也使得乾隆可以自诩"文采风流"，并由着性子在成千上万幅传世佳作上胡乱钤印，甚至于肆意"涂鸦"（题跋、题诗）。他的那种荒唐行为，被后人评价为"让那些宫藏书画遭遇了保护性劫难"。可笔者认为，不仅于此，通过那些藏品上的钤印，似乎还让我们看到了权力不受约束的封建帝王乾隆的任性。

那处简陋的墙门

前一段时间，笔者家所在的社区进行了微整改，原本破旧的五处墙门，顿时变得焕然一新。而其中的四处，更是"改头换面"，显得"高大上"起来。但编号为"3"的那处，尽管也经过了改造，可依然显得简陋，与其他几处可谓相形见绌。

同一个社区的墙门，为何遭受不同的"境遇"？

记得，在微整改期间，社区微信群里，曾对那处墙门的整改，有过不止一次的讨论。大意是，其他几处墙门都在整改，唯独那处"按兵不动"。据了解内情的邻居传言，那处墙门边上的那间平房，前些年被出租，开着一家杂货店，目前租期未满。

对此，曾有邻居群愤愤不平，认为不能因为那家租客，而影响整个社区的整改，提议社区居委会要想方设法，中止与杂货店的租用协议，将那间平房腾空，便于那处墙门的改造。他们的理由也很充分，社区微改造机会难得，不能因此留下遗憾。

不过，最终的结局是，社区与租客的意愿未达成一致，那家杂货店依旧开着，那间平房一直没有被腾空。而那处墙门，迫于空间的局限，无法像其他几处那般"改天换地"，只是增加了一个灰色铁门框，并在门墙的表面加贴了一层白色瓷砖。

那家杂货店为何不愿搬走？个中原因不甚明了，估计是补偿不到位吧。这样的结果，对于整个社区的改造，自然是颇为不利的。然则，站在租客的角度，完全可以理解，毕竟在寸土寸金的杭城，要另觅一处地方开店，也不是那么轻而易举的事。

由此，我联想到位于杭城的胡雪岩故居的"缺角"。

据说，胡雪岩故居原本缺一角的。那个缺角是一家剃头铺。当年，胡雪岩建房前，企图买下对方的地。但对方不愿意，胡雪岩只好作罢。其实，作为富可敌国的"红顶商人"，胡雪岩凭借当时的权势，若真想"拿下"那间剃头铺，也许并不难。

然而，那座堪称"江南第一豪宅"的故居，正因缺了那么一角，佐证了胡雪岩绝非强取豪夺之辈，他始终践行"欲想做事，先学做人"，也与之后创立"以救人活命为本"的胡庆余堂之举一脉相承。难怪，鲁迅称其为"中国封建社会的最后一位商人"。

当然，我们也要为他所处的时代"加分"。在晚清那个动荡的年代，朝廷腐败堕落，百姓生活在水深火热之中。可经有关学者考证，当时在田宅买卖纠纷中，地方官在依据情理做出裁判时，往往会偏向贫困一方。这多少也限制了权贵占地的便利。

所以，那个"缺角"的存在，无论是亦商亦官的胡雪岩个人的为人之道，还是整个晚清时期的田宅买卖的契约公平，都呈现出一种不容忽视的"温度"，这也为那个远逝的时代，增添了一抹亮色，使其在我们的想象中，不至于那么阴暗和冰冷。

让我们的话题重回笔者家所在社区的 3 号墙门。

由于那处墙门，是笔者上下班的必经之路。起初，笔者每次返回社区，目睹其简陋的外形，多少感到些许遗憾。后来，笔者便改变了想法，觉得这样的存在，固然是简陋了一些，但不失为一种温暖。因为通过它，似乎让我们洞见了人性的光芒。

一只有裂纹的碗

　　前几天，我在洗碗的当儿，一只有裂痕的盘，突然间破碎了。我告知妻子时，妻子预言道："你盛酒的碗，估计也快了。"自己盛酒的碗有了裂纹，作为每天用它的人，早在去年我就已经发现，只是一直没放在心上，现经妻子提醒，我便重视起来。

　　于是，我将洗好不久的那只碗，赶紧从碗柜里取了出来，双手端着举到眼前，借着厨房白炽灯的光线，端详着它的那道裂纹。应该说，那道裂纹已裂得有些厉害，它从碗沿直线状裂到了底端；裂纹的纹也有了一定深度，虽然还没到渗水的程度。

　　在关注其裂纹的同时，我不经意地发现：自己用了好些年的碗，尽管谈不上是工艺品，但做工极为精细，特别是在彩绘方面——碗面、内沿和底心，均绘有国画山水，细观笔墨简练、意境深远。由此，我不禁为自己长年使用它却忽视它而愧疚。

　　这时，一位文友打来电话，问我在忙什么？我谈到了这只碗。他不由得哂笑，并不以为然地说，对于一只碗而言，只有用到破碎，才能体现它们的价值。他还举例说，就如我们家里的车，如果还能够行驶，就让它长期停着，这是一种无谓的浪费。

　　油然，我想起孩提时代，看到村里的那些老人，自年轻到老迈，从日出到日落，每天勤恳地劳作，直到生命的终止。记得，曾经有个老人，只要不是病得下不了床，无论阳光普照，还是刮风下雨，每天都雷打不动地去山上田头，要么砍柴要么拔草。

可当我们谈论他们的时候，总觉得那已成为一种惯性，甚至认为如果让他们停息，可能还会造成身体上的不适。为此，我们习惯于看着他们劳作，等他们偶尔有一天停下来，还会惊诧地问："您今天怎么了？"并且，暗自替他们担心：是不是病了？

直到后来，当我的父母渐入老境，与那些老人如出一辙时，我终于明白，他们之所以如此，是出于对生存的惶恐。因为越来越力不从心和越来越体弱多病，使得从未沐浴过"社保阳光"的他们，只能通过不断劳作来获取报酬，以期突围面临的困境。

换句话说，他们就像一只只开裂的碗，长年累月盛装着酒和饭菜。但在我们看来，那只是在体现自身价值，是理所当然的事，未曾考虑过他们会不会"破碎"？更不要说去体味其中的辛酸了。这如同妻子没提醒我之前，自己对待那只每天都在用的碗。

终于，为避免重蹈那只盘的覆辙，我决意将这只碗好好保存起来。主意既定，我用餐巾将其仔细擦干，摆放在楼上的一只书柜里。那只书柜，装着玻璃门，放在里面，既不易跌落，又无碍观赏。当我将其放入后，驻足凝望它时，心头滋生出了一种欣慰。

我想，倘若百年之后，这只有裂纹的碗尚且有幸存在着，我的孙辈看到它并凑巧读到这篇为之而写的文章时，心头会不会有一丝丝感动和一点点温暖？因为那个时候，他们看到的应该不只是一只有裂纹的碗，更多的是它的主人对其生命的珍惜和尊重。

五颗鎏金铜纽扣的背后

　　前段时间，去杭城一家戏服公司。老板娘在与我们闲谈时，展示了一批精心收藏的纽扣。那些纽扣制作的时代，最迟是在民国时期；材质各不相同，有铜的、玉的、银的；每一款的做工都极其精细，阴阳雕刻和缕空互相交融。或许相对于一件衣服而言，纽扣不过是一种点缀式的存在；或许是我接触过的都是布衣蓝衫，配的几乎全是普通纽扣，反正虚长四十多年，我没见过那么多高档的纽扣。

　　而这批纽扣中，最令人瞩目的是一套铜纽扣。那套纽扣，一共五颗，每颗上面，均雕着鱼纹，栩栩如生，且不止一条。整套纽扣，摆在桌面上，金光灿灿，富丽华贵。我取过其中一颗，细观把玩。老板娘告诉我，这是明朝的纽扣，贵族人家服饰上的。我不禁赞叹："那么多年，还这么新！"老板娘说："是鎏金的。"随即，轻叹一声，讲道："制好这套扣，那名工匠也差不多就中毒而亡了。"

　　我闻之，心头一沉。

　　当天晚上，我回到家，上网搜索"鎏金"，发现其工艺就是将金和水银（汞）合成金汞剂，涂在铜器表面，然后加热使水银蒸发，金便附在器面不脱。早在战国时期，古人已掌握这门技术，程序并不复杂，也就简单五步——仿"金棍"、煞（杀）金、抹金、开金、压光。可由于在这些程序之间，须与有毒的水银"亲密接触"，在不具备任何防范措施的古代，对于那些工匠来说无疑是致命的。

于是，我又在网上搜索"古代鎏金中毒"字样。然而，令人遗憾的是，除了央视网《探索·发现》栏目有一个短视频，简略地提及"汞鎏金工艺史的另一面是工匠的中毒史"，其他几无相关的资料和文章，就连"鎏金"百科词条里也只字未提"中毒"两字，仿佛在漫长而悠久的汞鎏金工艺史中，压根儿没存在过漫长而黑暗的汞中毒的沉重历史！呈现在我们面前的，永远只是鎏金器物的绮丽光彩！

鉴于对工匠付出血汗之轻慢，我们往往只注重传统手工艺品的价格，而漠视其蕴含的内在价值，所以碰上那些特殊的时期，往往会毫不犹豫地毁灭它们。因为在我们看来，它们无非是一件件物品。就像我前面提到的那套鎏金铜纽扣，假如剔除依附于其上的工匠毒亡的命运，它们只是五颗价格昂贵的纽扣而已。而对于富贵人家，价格再怎么昂贵，比起他们的日进斗金，纯粹是小菜一碟，又何足惜？

作为社会中最特殊的一种商品，传统手工艺品堪称人类最重要的精神创造物。我们在研究阐发、教育普及、保护传承、创新发展、传播交流时，如果仅停留于对其"鬼斧神工的技法""博大精深的文化""永不褪色的璀璨"之类浮华虚夸，而不去着力分析这些伟大工艺的造就是因何而来，不去还原掩埋于它们背后的故事和人性真相，又如何使其作为人类宝贵的精神文化遗产永久地流传呢？

关于仓鼠的"奔跑"

    为了满足孩子养宠物的兴趣，妻子不知从哪搞来了一只仓鼠。由于一贯对蛇、鼠、蛙之类充满莫名的恐惧，那只仓鼠初到我家时，我没有凑过去观摩，只是远远窥了一眼——它如小孩拳头般大小，浑身灰不溜秋的。

    尽管我不想搭理那只仓鼠，但它的举动还是引起了我的关注。因职业特点所致，我平时睡得较晚，但让我意想不到的是，无论我睡得再怎么晚，鼠笼里的那只滚轮总在不断转动，这也就是说，那只仓鼠整夜都在"奔跑"。

    "这只仓鼠怎么回事？整个晚上都在跑步！"我问妻子。

    妻子止不住笑我："你真什么都不懂，仓鼠是夜行动物。"

    出于好奇，我上网查了资料，了解到仓鼠非常喜欢运动，如果在家宠养的话，必须给其准备滚轮，否则它的精力无处发泄，搞得不好还会引起瘫痪。就算那些在野外生活的，几乎每天晚上也都会跑几英里的范围寻找食物。

    这么说来，仓鼠的"奔跑"，只是习惯罢了。

    有那么一群写手，他们几乎每天都在写作，每年发表作品字数可达上百万！这中间的绝大部分，连续二三十年写下来，发表和出版的作品，堆起来足以超过身高，可谓"著作等身"了！但遗憾的是，没一篇作品能深入人心。

那跟仓鼠的"奔跑"，又有什么区别呢？

但话说回来，仓鼠的"奔跑"，毕竟没多大危害——生活在野外的，耗费的是它自己的体力，这是它咎由自取，我们也管不着；宠养在家里的，也只是发出些噪声——对此，我们将它置于卧室外便可，另外也就损坏几个滚轮吧。

而那群作家的努力"奔跑"，会不会对这个社会造成大的危害？目前，我还不敢轻易下定论。但如果一定要说它们有益，看来也非常牵强。

所以，从"奔跑"这件事上，我们还得有所警觉，不是所有的"奔跑"，都有益于社会，也不能因为对方在"奔跑"，就不假思索地予以肯定。

"拼祖"杂谈

　　笔者因从事文字工作，免不了涉足文化圈。久而久之，发现那个圈里的人，很大部分热衷于"拼祖"。譬如，姓赵的就会跟"赵匡胤"扯上关系，自认为是"帝王之后"；姓孔的自然不用说了，"孔子"必定是他们的"祖先"。最奇葩的是，有一个王姓人士，在书法热的时期，爱上了写毛笔字，自称是"王羲之后裔"；前些年，"阳明学"走红，又很快转搞文化，声称"王阳明"就是他"祖宗"。事实上，有学者考证，王阳明的祖上与王羲之根本不是同一支。

　　其实，不光现在的文化人，咱们古人就有"拼祖"的癖好。清朝与民国之交的袁世凯，当年为了称帝，苦思冥想要认"名人"为祖宗，让人在史书里东翻西找，终于找到明朝末年被砍头的袁崇焕，便迫不及待地认了这个"祖宗"，还编出了一个故事：袁崇焕被砍头后，家人迁往河南项城居住，这才有了当世奇才、真命天子袁世凯。也不只是袁世凯那样的"大人物"，就连鲁迅先生笔下阿Q这样的"贱民"也不例外，自称是"赵家后代"，比"秀才长三辈"。

　　由于身处文化圈，总会被问到祖先是哪位名人？那种时候，笔者总是如实相告："我的祖先，听说是一个强盗。"为了佐证这个事实，还会讲述老家的村史：我老家所在的自然村，叫"小桥头"，在我小的时候，村口有一座桥，村名因此而来。我们自然村不像同个行政村里的其他自然村那样建有高楼大院，所有居所皆为普通民房。听上上辈的人讲，我们自然村的祖先系兄弟俩，据说当过强盗，后归正落户于此，娶了邻村王家大户姐妹为妻，由此繁衍而来。

说实在，笔者要想炫耀一下祖上的"荣光"，也不是没有"资本"。笔者的祖母系明朝阁老之后，她本人就是一位"千金小姐"，在笔者孩提的记忆里，她的脚丫小如粽子，可以在升箩（一种量米的器具，一升一般在 1 斤至 1.5 斤之间）里"掉头"。当然，笔者有意突出自己祖先的"强盗"身份：缘于向来反感拿祖上荣光为自己"贴金"。窃以为，一个人的姓氏根本说明不了什么，你祖上的荣光只不过是历史，它成不了你身上的光芒。

不过，上述只是笔者的"拙见"。既然有那么多人热衷于"拼祖"，自然有它的"道理"。比如，刘备当年从卖草鞋开始就自称"中山靖王之后""孝景帝玄孙"，是为了让自己的出身更加"合理"，干起"大事"来更加"名正言顺"。因为周朝创立的"宗法制"，使得"家庭背景"成了封建社会划分阶层的"评判标准"。《论语·子路》云："名不正则言不顺，言不顺则事不成"。刘备正是利用这份无形"资本"，才招来无数英雄豪杰，轰轰烈烈地成就了一番帝业。

放眼当下，鉴于时代的变迁，"拼祖"已获取不了以往的那种"巨额红利"，但也不是没有"好处"。譬如，笔者开头提及的那位"王姓人士"，当年沾了"王羲之后裔"的"荣光"，糊弄了一批当地的企业家，让自己的毛笔字变成企业名称，悬挂于他们的厂门口，忽悠了不少"润笔费"。如今，又混充"王阳明后人"，不断地为自己"贴金"，被一些不明事理的人视为"学者"，受邀在各种场合高谈阔论"阳明学"，到处骗取"讲座费"。而且，这还不是个案。

应该说，在当前的文化圈，早已不存在那种"等级社会"，倘若是"拼师""拼爹"，甚至于"拼爷"，尚且可以理解，毕竟"文化"这种东西，还有"传承"一说，像"中医文化""民间手工艺"等，就依赖于"家传""师承"而发展，拼一下"爹""师""爷"，似乎都无可厚非。但去"拼"数百上千年的"祖宗"，实在匪夷所思。可让人奇怪的是，这种八竿子打不着的"拼法"，竟然还被无数人"迷信"，使其依然有着生存的"土壤"，实在是咄咄怪事！

谈"舔"识害

在陈忠实的长篇小说《白鹿原》里，写到过一个"舔碗"故事：黑娃在主家黄掌柜家打长工，黄掌柜逼他吃饭时要舔净碗壁。尽管那样做可给黑娃带来不少好处——到了年底能够多给二斗米，但生性叛逆的黑娃终究无法接受，连"二价粮食"都不再索要，于一天夜里逃之夭夭了。

舔，按照《词典》里的基本释义，是指"用舌头接触东西或取东西"。单就"舔碗"的"舔"而言，就属于这种意思。不过，要是引申开去，还有一层更深的意思，那就是"谄媚奉承"了，换种不雅的说法，叫作"舔屁股"，近似于"拍马屁"，但比"拍马屁"显得更低下和卑劣。

然而，"低下和卑劣"归"低下和卑劣"，只要你肯去"舔"，多少是可以获利的，就像《白鹿原》里的黑娃，如果情愿去"舔"，其他的不敢说，多拿二斗米是笃定的，如果黄掌柜有个女儿，当个招赘女婿也不是没有可能。可不是？黄掌柜家之所以能致富，就是五代人"舔碗"的结果。

鉴于"舔"的有利可图，古今中外不乏'舔者'。最为典型的，非西汉佞臣邓通莫属了，据《史记·佞幸列传》记载："文帝尝病痈，邓通常为帝唶吮之。"而最没人性的，莫过于春秋的易牙和战国的吴起了，前者煮了自己的儿子给齐桓公吃，后者则杀了自己的妻子来表明不亲附齐国。

当然，邓通、易牙、吴起都没白"舔"。邓通依靠"吮痈舐痔"，拉近了与汉文帝的关系，被赏赐他家附近大小铜山，广开铜矿，富甲天下；易牙通过"烹子献糜"，深受齐桓公的宠信，从御厨被慢慢提升为主政大巨；吴起杀妻后，则博得了鲁穆公的信任，被任命为攻打齐国的大将。

应该说，依靠"舔功"，确实能让小人一时得逞，获得任用得到升迁，但终究不是长久之计，以上三位著名的"舔者"，最终也没落得什么好下场——邓通被革职没收家产，身无分文饿死街头；易牙干政失败避居彭城，操烹饪业至终；吴起兵败被乱箭射死，尸身处以车裂肢解之刑。

而且，必须指出的是，由于这类人的"舔"，让不少"被舔者"昏了头，本应客观理性地"用人"，却变成了"用人唯亲"，助长了"舔风"的盛行，结果不仅自取灭亡，还祸国殃民。在这个方面，齐桓公堪称"典范"，最终被易牙等"舔者"筑墙堵门，"身死胡宫而不举，虫出而不收"。

上述可见，大凡"舔者"多是不择手段、谋取私利的人，表面上温柔和顺，实质却阴森恶毒，他们在实现目的前，会死乞白赖地把你"舔"得很舒坦；一旦目的实现，就会立马抛弃你，寻求新的主子，至于你的死活，便全然不管。所以，对于"舔者"，一定要高度警惕，并保持距离。

在这个方面，明成祖朱棣算是做得比较到位的。他有一句名言："君子敢直言，不怕丢官丢命，因为他是为国家着想；小人阿谀奉承，只想升官发财，因为他是为一己私利着想。"因为对"舔者"有着清醒认识，他在统治期间"知人善任，谗间不行"，开创了"远迈汉唐"的"永乐盛世"。

可是，类似这样的清醒者毕竟是少数。一位动物学家曾指出："老虎屁股摸不得，但老虎屁股能舔得。"他用实验证明：当一只雄虎向一只雌虎示爱时，往往会去舔她的屁股。而在这温柔之舔的大献殷勤下，即使平素暴戾成性的母老虎，也开始变得温顺起来，似乎感到了无比的惬意。

这也就是说，被"舔"是让人很受用的。为此，古今中外一些当政者，虽然明知"舔"的危害性，但真的被"舔"了，往往就会忘乎所以，从而导致丧命亡国。这样的案例，除了前文提到的齐桓公，还可以列出很长的名单：纳粹德国的希特勒……

由此，不难想见"舔"的危害。那如何预防"舔"与"被舔"呢？我们首先要清楚："舔"大多依附于权力，要彻底制止"舔"与"被舔"，关键要管好手中的权力。因为只有建立了健全的规章制度，让权力失去徇私舞弊的空间，在制度的轨道上正常运行了，"舌头"也就没有了用武之地。

"恐高者"与"登高者"

　　前几天，外地一个好友用微信邀约，请我去他老家的玻璃栈道游玩，说那个景点蔚然壮观，煞是好看。对于那个玻璃栈道，我在网上看过图文介绍，它贴在山体绝壁之上，悬空地浮在云中，底下没任何支撑，下面就是万丈深渊，似飞龙在天，如云龙盘山。无须亲临其境，凭空设想一下，假如漫步其上，足以让人心惊肉跳。于是，我直言相告自己"恐高"，婉言谢绝了他的好意。

　　说起自己的"恐高"，最初给我的印象，是在童年时期。在我朦胧的记忆里，有一年的春天，我们几个小孩，结伴去村前的山上，采摘火红的映山红，当作"水果"食用。但到了山脚下，出于对坡度的恐惧，我放弃了爬山，守候在那里，等着他们采摘回来。最后，还是小我两岁的堂弟，分了一半的映山红给我。当然，那时我并不知道那是"恐高"，只是觉得自己可能比其他孩子胆小。

　　让我真正意识到自己"恐高"，那是高中毕业之后了。那个暑假里，我高考落榜还没工作，由于爱上了文学创作，经常骑自行车去绍兴城里，到新华书店和邮局报刊处，购买文学杂志和书籍。但每次买好后，也不急于返家，就去府山公园游玩。在公园的山顶，有一座飞翼楼，类似于石塔，并不是很高，也就四五层的样子，但我每次到上面几层，于外廊眺望楼下时，总感到手脚发软。

记忆最深的是，2003年那次黄山之行。那时，我供职于一家房产公司，负责一家少儿文学网站。去黄山旅游是单位组织的，同行的有五六十人，大部分选择乘缆车上山，有十多人选了步行，我便是其中之一。当时，我选择步行，一是考虑到自己体力还行，二是为了省乘缆车的钱。可到了半山腰，我开始后悔不已，因为自己的"恐高"，让我深刻体验了"举步维艰"和"进退为难"。

那次黄山的"冒险"之行后，每当回想起来，我便会感到后怕，暗想：万一……，那后果简直不可设想。确实，在攀爬的整个过程中，黄山的天像小孩的脸，短短几个小时里，变化了无数次，时而阳光普照，时而暴风骤雨，倘若稍有不慎，极有可能葬身山崖。于是，我就经常告诫自己是"恐高"的，以后绝不允许再轻易攀高，以免带来不必要的风险。从此，我没有再冒过类似的险。

毛泽东曾有诗言："暮色苍茫看劲松，乱云飞渡仍从容。天生一个仙人洞，无限风光在险峰。"言下之意，无限风光总在险峰，想要去领略和欣赏，须做到乱云飞渡仍从容。照这样来说，作为一名"恐高者"，乱云飞渡的时候，显然是做不到从容的，因此也只好错过无限风光了。不过，事情总是患得患失、福祸相倚的，那些做得到从容不惊的，虽然看尽了风光，但也面临着坠落的危险。

记得2017年底，有一则新闻在网上热传：一位知名的吴姓爬楼者，在进行一次高空攀爬挑战时，不慎从顶楼附属物坠落，导致死亡。他曾是一名默默无闻的横店群演，凭着从事过演员和武行练下的"功夫"，开始尝试在高空最惊险处拍摄极限视频，发布在各大短视频 App 平台上，短短几个月的时间，坐拥了超百万的粉丝，并自称"国内无任何保护，极限挑战第一人"。

其实，此类案例还有很多，不光光是高空攀爬，还有徒手攀岩、高海拔登山等。据 Omer Mei-Dan 博士 2012 年的研究表明，在翼装飞行者中，43% 受过重伤，76% 差点死亡。当然，除了狭义的"登高者"，广义的"登高者"亦是一样，他们在不同领域"攀爬"，居高时果然风光万千。可一旦坠落下来，往往也就粉身碎骨了。于此，作为一名"恐高者"，我觉得自己挺安全和幸运的。

"平台"杂谈

前段时间，受邀出席一个行业代表大会。会上，一位名不见经传的同行，被推选成了理事。于是，坐在笔者前排的两位同人开始议论，一位甚是吃惊地说："怎么可以这样？"另一位故意揶揄道："怎么不可以这样？"前一位说："凭能力，他当代表都没资格！"后一位说："但人家平台好呀，可以把自己推上去。"前一位似乎还在不服气，后一位不以为然地说："说白了，当上理事又如何？谁鸟他！"

回想笔者刚涉足社会时，尚不谙世事，曾莫名敬畏过一些"平台"，认为站在"平台"上的人，一定都是那个领域的精英，而且误以为谁站得最高，谁的水平就最好，谁的成果就最多，名气也就最大。后来，随着对现实的不断了解，终于发现根本不是那么回事。自然，对那些"平台"，也就不再想得那么"伟大"，以为一旦站在上面，就"功成名就"了；假如站到制高点上，则可以"流芳百世"了。

行笔至此，笔者不禁想到一个历史人物——北宋的"王珪"。提到"王珪"，当前文学界想必已无人知晓，可正是这位被文学界遗忘的人物，在他所处的那个时代，由于其"诰"被主子宋神宗认为"他学士不逮远矣"，便"自执政至宰相，凡十六年"，俨然成了当时的"文坛领袖"。然而，这终究是过眼烟云。如今，王珪"原有文集百卷，已佚"，《四库全书》虽辑有《华阳集》四十卷，也早已无人问津了。

其实，这样的案例，不光存在于书本里，现实生活中也不鲜见。笔者加入的某个"平台"，曾有过这样一位人物，从事的原本跟那个领域毫不相干，可有一天被派来当负责人，站到了"平台"的制高点上。他没将心思花在"领导"上，却煞有介事地干起了"专业"，随即便以"著名××家"自居到处招摇。可惜好景不长，没几年被调离"平台"，从此杳无音讯。而他的"荒诞故事"，成了那个领域的笑谈。

当然，也有貌似混得很滋润的。笔者在其他"平台"的一个同人，之前在专业方面还算过硬，但为了攫取更多名利，使用摆不上台面的手段，在那个"平台"谋得了一些实权，并充分利用"平台"的资源，公器私用、以权谋私，硬是把自己炒作成"名家"，在全国各地到处显摆，过上了"风光无限"的日子。至少笔者在不同场合，听到那个"平台"的好些同行，不无羡慕地赞叹她的"成功事迹"。

不过，"风光"往往与"风险"并存。同样是上面那位"成功者"，几年前笔者去外地参加一次会议，遇到了一批省外的同行，他们中有好几位直言不讳地指出，她的专业水准退步得非常厉害，脸上不约而同表示出了不屑。更有甚者，熟知那个"平台"内幕的人，还透露出那位"成功者"因牵涉经济问题，屡次被同单位的人举报，如此发展下去，轻则被辞退，重则会惹上牢狱之灾，目前可谓处境堪忧。

由此，笔者以为，"平台"就是个舞台，置身其中的人就是演员，如果你有高超的演技，可以让你万人瞩目，拥趸者如潮，名声远播。如果你演技拙劣，纵然舞台最高最大，你再怎么上蹿下跳，也只会让观众喝倒彩，留下骂声一片。更值得一提的是，如果你表演的是杂技，又缺乏过硬的本领，为浪得虚名上台去炫，搞得不好，出丑事小，还有摔死的危险，到了那时，"平台"不再是舞台，而变成了祭台。

　　记得，前些年笔者供职于一家艺术机构，听说有这样一位艺术家，从不攀附权贵，从不依赖"平台"，没有显赫的地位，没有霸气的头衔，但艺术界的朋友谈到他和他的作品，没有一个不肃然起敬的。笔者很敬佩这样的人，他们身处这个浮躁的时代，但远离那些急功近利的人，默默深耕于隶属自己的那块土壤，用雄厚实力和丰硕成果说话。他们不借助任何"平台"，却已把自己打造成了一个"平台"。

向乌鸦致敬

在我的孩提时代，虽然生活比较贫困，但生态环境非常好，天空每天都是蓝的，时常有成群鸟儿飞过，麻雀自然是不用说了，它们是乡村最多的鸟，还有每年春季定期而至的燕子，以及黑不溜秋的乌鸦。

现在，就说乌鸦。

当它叫着难听的"呱呱"声，从头顶飞过的时候，我们总会急速地低头朝地面"呸呸呸"地吐着口水。我们这等举止，是大人叮嘱过的。他们说："乌鸦叫，晦气到。"而吐口水，是一种脱晦的简便方法。

当时，尚且年幼的我，有着好问的习惯，见大人这般嘱咐，免不了要问个究竟。但他们也讲不出一个所以然来，只是说那是祖辈传下来的。倘若你再问，他们会很不耐烦地强调道："你记得吐口水就行了。"

于是，在以后的日子里，每次听到乌鸦的叫声，还来不及去寻找乌鸦，我就会习惯性地吐口水。而且吐了口水还不够，在那天接下去的时间里，无论说话、行事都会小心翼翼的，尽可能避免惹祸上身。

也许是吐口水起了作用，抑或听到乌鸦叫后行动谨慎了，反正在我的记忆里，于乡村的二十年中，瞧见乌鸦后的那些天，还真的没有"晦"过。倒是没瞧见的日子里，"晦"过好几回，严重一次还灼伤了双腿。

后来，我离开农村，来到了城里。而在城市，不像农村，不要说是乌鸦，连麻雀都很难见到，倒是养在笼子里的鹦鹉，总时不时能碰上，当你瞧见它们，它们也正好瞧见你时，说不定还会"学舌"："你好！"

对于鹦鹉的友好"招呼"，自然是不用吐口水的。渐渐地，我也就忘记了吐口水这回事。直到前几天，在编一本杂志时，看到一篇关于乌鸦的稿子，才蓦然回想起来。不过，那篇稿子里没提到"乌鸦叫，晦气到"。

那乌鸦到底是种什么样的鸟？那篇稿子里这样写道：美国动物行为学专家路易斯－莱菲伯弗尔对鸟类进行 IQ 测验后发现，乌鸦是人类以外具有第一流智商的动物，其综合智力大致与家犬的智力水平相当。

智慧如斯，为何被人类视为"不祥之鸟"？原来古人发现它在谁家树上叫，过几天谁家就会死人。对此，现代科学揭示了谜底：病危者体内会散发一种微量化学物质，乌鸦被该物质刺激则会反射性地啼叫。

如此说来，乌鸦"叫丧"，不过是诚实投信！但正因为此，它被打入了另册：听到它叫，就担心不吉利；说些担忧的话，被讽为"乌鸦嘴"；好多词语对其也极含偏见，如：乌合之众、天下乌鸦一般黑……

由此，不禁联想到一个人：鲁迅。他深刻地描写病态社会的不幸人们，指出病苦，引起疗救的注意，并为新文化运动呐喊，却被贬为：自私者、谣言家、变态者、仇世者、大伪者、民族虚无主义者、汉奸和棍子。

他所遭受的，不就是乌鸦的遭遇？或者说，他就是人类的

"大乌鸦"！于此，我为乌鸦深感不平！是啊，它们何辜？就因为以"先知的预见性"和"启唤悲剧危机意识"的"啼叫"太难听而遭人嫌？被人恨？

　　窃以为，我们应当向乌鸦致歉，甚至于致敬！然而，遗憾的是，由于人为因素造成了生态破坏，无论在城市还是在乡村，我们几乎很难再见到乌鸦了，倒是被驯养的鹦鹉随处可见，不断学说着："你好！你好！"

第五辑

另类的解读

黄宾虹的“孤寂”

现在只要提及中国绘画艺术，黄宾虹是一座绕不开的“山峰”。早在二十世纪末，中国绘画史学界就对他有着这样约定俗成的评价：“黄宾虹是一位承前启后的山水画大师。他身体力行地实践着中国传统文化承传、演变和发展的动态过程，给后人留下了超凡脱俗、意象万千的山水画艺术，开创了蕴含深刻中国传统文化内涵和美学价值的‘浑厚华滋’的现代审美境界。”

不过，说起黄宾虹生前，其实颇为落寞的。尽管在晚年，他当选过华东美协副主席和全国政协委员、被授予过“中国人民优秀画家”称号、被任命过中央美院民族美术研究所所长，但作品并不被广泛认可。据有关资料记载，去世前一年，他想举办一场花鸟画展，都未能如愿。据艺术评论家梅墨生称，他的老师曾亲眼目睹黄宾虹送画给来访者而被拒绝，让黄宾虹极其尴尬。

最能佐证其作品不被看好的，是他的遗作捐赠事件。据说，黄宾虹离世后，他的夫人宋若婴根据他的遗嘱，将他的全部遗作（约5000张）及所藏书籍文物，加在一起共1万多件，准备捐赠给国家。可她不断联系，均没单位接收。后来，在一位爱好艺术的领导人的直接过问下，浙江博物馆才勉强接收。但接收后，便搁置于一旁，直至黄宾虹去世后30年，才将包裹打开。

应该说，黄宾虹是不幸的，在他的生前，市场价格与作品价值、社会影响力与艺术成就都极不对等。据《美术报》报道，黄宾虹制订的山水润格，从 1926 年至 1945 年近 20 年没有调整过。而二十世纪 20 年代的吴昌硕，都是隔年调整一次润格；最"牛"的要数张大千，几乎每年都要调整。最能说明其处境的是，时年 60 余岁的黄宾虹，其润例就远不及 30 出头的吴湖帆。

纵观黄宾虹的一生，客观地说，他不算是一位"安分守己"者——辗转过多个城市，从事过多种职业。特别在上海居住的几近 30 年间，担任过 10 余家杂志的主编、编辑或主笔，发起或参加过数个艺术社团，并在学生和友人资助下游历了全国的大好河山，活动可谓异常频繁。倘若，他像齐白石那样红得发紫过或像徐悲鸿那样登高一呼过，很难确保他还能"晚年变法"。

事实上，盛名和高位，对于艺术家而言，并不是一件好事。据传，有一次，诗人艾青带着一幅画拜访齐白石，请他鉴别真伪。齐白石用放大镜看后，对艾青说，我用现在的两幅作品换你的这幅，如何？艾青赶紧收起那幅画，笑着说，您就是给二十幅，我也不换。齐白石摇头感叹道，我成名之前的作品多精致啊，后来退步了。而艾青带来的那幅画正是齐白石成名前的作品。

正因黄宾虹生前从未享受过齐白石、徐悲鸿那般殊荣，他一直孤独地行走在艺术道路上，每一个时期几乎都处在探索和实践的状态中。他早年受"新安画派"影响，山水画以干笔淡墨、疏淡清逸为特色，被称为"白宾虹"；80 岁后画面以黑密厚重、黑里透亮为特色，被称为"黑宾虹"。他用"白宾虹"时期专研习古、游历山水的实践性努力，造就了"黑宾虹"时代的辉煌。

然而，黄宾虹又是幸运的。尽管生前没受到重视，但在离世五十年后，正如他所预言的"我的画会热闹起来"：2005 年，浙江博物馆举办规模空前的大型展览和系列活动纪念他，由此确立了黄宾虹绘画的学术地位和市场价值；2017 年，他 92 岁创作的《黄山汤口》以 3.45 亿元天价成交；如今，杭州栖霞岭下设有黄宾虹纪念馆，金华建有黄宾虹艺术馆和黄宾虹公园。

尤为重要的是，跨入 21 世纪以来，他那些曾被嘲笑为"漆黑一团的穷山水"的绘画作品，越来越受到美术界的广泛关注，并逐渐释放出巨大的能量。他晚年秉持"中国画舍笔墨内美而无他"的理念，提出"五笔七墨"之说，更是开创了一代画风，无不影响着当今的中国画坛。可以这么说，黄宾虹用一生的颠沛流离和孤寂求索，为中国画的发展作出了不可磨灭的贡献。

吴大羽的 "阁楼"

在上海福煦路（现延安中路）百花巷，有一套老式联排公寓。其顶层一个狭小的阁楼里，曾有一位一度被中国现代美术史遗忘的艺术家，从 1966 年至 1988 年这漫长的 22 年间，构建了自己完整的艺术体系，创作了 2500 余幅作品（已发现存世油画作品 149 幅，以及蜡彩、水彩、色粉等）和 50 余万字的文稿，形成了以抽象艺术为主线的油画探索之路，为中国油画艺术的写意性发展，提供了弥足珍贵的艺术经验。

这位艺术家，就是享誉海内外的当代艺术家董希文、赵无极、朱德群、吴冠中、赵春翔等共同的老师——吴大羽。他 1903 年生于江苏宜兴，1922 年考入巴黎国立高等艺术美术学校。1928 年参与创办杭州国立艺术院（现中国美术学院）并任西画系主任，1938 年离任，1947 年重返并任油画工作室主任。1950 年遭校方解聘，长期赋闲在家。1960 年任教于上海美专油画系，1965 年进入上海油画雕塑工作室（院）。

1940 年夏天，吴大羽经香港回上海，全家入住岳父家，也就是那套联排公寓。1949 年，岳父携家人赴台湾，那套联排公寓为吴大羽一家所有。1966 年，有三户 "工人阶级" 家庭被安排挤占那套联排公寓，吴大羽一家被迫蜗居于二层的一间卧室，厨房、卫生间也是几家合用，他的画室只能挪到顶层只有 10 平方米的一个阁楼里。从此，那里便成为他往后坎坷人生的"最后堡垒"和追踪其艺术生命的"最后归宿地"。

在吴大羽将画室挪进阁楼前，由于"艺术表现趋向形式主义""不合学校新教学方针之要求""经常留居上海"等因素，他于 1950 年被国立艺专校长刘开渠解聘，之后与夫人经历了长达 10 年的失业，靠变卖家中物品以及儿女担任中学教师的收入维持生计。1966 年那场特殊的运动开始，他更是遭遇了长期的不公正待遇，被以"反动学术权威""新画派的祖师爷"的身份遭遇抄家、批判，两次因重病几近死去。

然而，身处逆境的吴大羽，从未停止思考和作画。在狭小的阁楼里，由于缺乏工作空间和油画材料，他利用手边易得的纸张与蜡彩，一如既往地画着被批判的抽象画，留下了大量日常题材的小尺幅画作。拜访过他的女性艺术研究学者陶咏白说："因条件所限，他的画都是在老画上叠加的。刮掉老画，再在上面画新画。"1979 年，他的学生朱德群从法国寄来一批油画颜料，使他在晚年用其创作了 150 多幅油画。

谈及他的阁楼和小尺幅画作，他的学生吴冠中曾愤愤然道："只保留给他二间小房，他能作大幅吗？我感到寻寻觅觅、冷冷清清、凄凄惨惨戚戚的悲凉。"而面对这种窘境，吴大羽在《我把我一生的小心翼翼》中自述道："我把我一生的小心翼翼，点点滴滴，经历了无数哽咽，满是辛酸，记住心上。通通写上一张洁白的纸张，满满地好像是蚁阵，并同蚕子，为的是要交给你，一个不相识的，天外陌路的过客。"

可是，这位早在国立艺专任教时就在同人中素有"小塞尚"之称、曾被中国现代美术奠基者之一林风眠评价为具有"宏伟创造力"的"非凡的色彩画家"，长年在阁楼里艰苦而孤独地创作，画作却长期无人赏识。1988 年元旦，吴大羽病逝后，据艺术推广人李大钧后来透露："吴大羽家属曾表示愿意捐献给美术馆，但没有美术馆愿意要。这些画作被认为一点儿价值都没有，甚至有人说，这些画就是调色板。"

到了 20 世纪 90 年代中期，经台湾一家画廊发掘整理，吴大羽在阁楼留下的那批无日期、无签名、在世无人知晓、更无缘举办个人画展的油画和纸本作品才重见天日；直到 2003 年，他百年诞辰之际，上海美术馆终于举办了首场吴大羽油画艺术回顾展，发行了首本画册。于此，后人通过回溯吴大羽在阁楼里对绘画现代性探索的那段漫长旅程，发现在 1950 年代后一个时期，中国现代艺术运动不是断流，而是潜流。

提到阁楼，总让人联想到"只开着不大的窗子""透露了人与自然的隔阂"。吴大羽的画室，无疑就是此类。他蛰居其中长达 22 年，几乎与世隔绝，从而被世人淡忘。但作为一名艺术家，他坚持认定"艺术是人和天之间的活动"，始终抱守"挽救这萎颓不堪的人族病态"的责任，"长耘于空漠"。那架势，犹似迎风站立于高高的楼阁上——在广漠无尽的大自然中，用一支画笔纵情挥洒着，让心灵与天地自由交流。

潘天寿的"雷婆头峰"

　　在中国美术史上,潘天寿是与黄宾虹、齐白石、吴昌硕并称中国 20 世纪传统绘画四大家的一代巨匠。他的绘画艺术取诸家之长,以雄强的笔墨、生动的意态、磅礴的气势,开拓了山水、花鸟画的新天地,呈现出一种摄人心魄的力量感,成为了当代承前启后、开宗立派的一代宗师。

　　在潘天寿的画作中,我们常能看到他的两枚印"强其骨"和"一味霸悍"。这两句印语多被用来形容他的审美趣味和艺术风格,也即一反古代文人画淡雅的意趣,追求一种雄强、豪壮、犷悍之美。更值得一提的是,他还常以"雷婆头峰寿者"落款,这不免让观者心生疑惑:他怎么会有这么一个稀奇古怪的艺名?

　　据传,1960 年,潘天寿创作完成《映日荷花样红》,觉得以往的艺名已不适合当时心境,便落款"雷婆头峰寿者"。至于为何改用此名?因其早年名"天授",1923 年改为"天寿",自署"阿寿""寿者"。之前,常用"寿者"落款。而"雷婆头峰",系他老家宁海县城关镇冠庄村西面雷婆头山和东面帽峰山的合称。

　　1897 年出生的潘天寿曾在那两座山上放牧嬉戏,度过了无忧无虑的童年,长大后对其极具感情,经常作为绘画的素材。因此，他把前一座山的"雷婆头"三字和后一座山的"峰"字，再加上自署名"寿者"，组合成了"雷婆头峰寿者"这个艺名。经他这么一用，后人将"雷婆头山"改称"雷婆头峰"，声名远播。

事实上，潘天寿对"雷婆头峰"的依恋由来已久。雷婆头山，分属若干个村庄。从峰顶往西往北，大部分归属仇家村。从仇家村往上看，休息处的三岔路口，极像一头水牛的脊背，正奋力往上冲，潘天寿最初的牛图构思便源于此。听说，他还画过一幅水牛图送给仇家村的好友，至今那幅画还被那位好友后人珍藏着。

特别是 1955 年后，山峰成了潘天寿画作口屡次出现的物像。无论在他的花鸟画还是山水画中，经常可以看到那种拔地而起的巨大山石。围绕着它的周边，或生出一株雄壮挺拔的青松，或开出几朵朝气蓬勃的野花，或栖着几只雄视远方的秃鹫。而那些巨大山石，虽然没标明名称，但不能不让人联想到"雷婆头峰"。

不过，潘天寿以"雷婆头峰"作为艺名前缀，固然有着对家乡的怀恋，但更重要的一个因素，或许是为了契合当时的绘画表达。据相关资料记载，时年 63 岁的潘天寿，已进入创作的全盛时期，"一角式"山水成了其独特的艺术风格。而雷婆头峰的乱石嶙峋和花鸟草木，以"雄阔奇崛、灵秀四溢"暗合了他的画风。

当然，这只是其一。据知，潘天寿极其注重修为，一贯主张"人品"和"画品"相统一，强调"做一艺术家，须先做一堂堂之人"。显然，雷婆头峰的天地沧桑和静默高远，锻造了其"诚挚坦荡、宠辱不惊"的文人风骨，滋养了其"至大、至刚、至中、至正"的心胸气派。难怪，他戏称自己是"雷婆头峰的一块石头"。

确实，也是如此。纵观潘天寿的一生，始终以践行的姿态，不计个人得失，为艺术、为教育，披荆斩棘，不断超越，把复兴中国绘画提升到了民族精神振兴的高度，以至于有人这样评价他："如何在世界视野下不失本位意识地观照中国绘画的演进发展，迄今为止，潘天寿仍然是在这个方向上走得最远的人之一。"

可以这么说，"雷婆头峰"是潘天寿心中的"圣山"，以至于1969年早春，他被押解到故乡，当着乡亲的面跪在雪地上批斗。批斗结束，返回杭州的列车上，在地上捡起一个烟盒，写了平生最后三首诗，其中一首还写道："千山复万山，山山峰峦好。一别四十年，人老山未老。"以抒发自己对"雷婆头峰"的热爱。

徐渭的"铁钉"

　　二十年前，笔者在绍兴工作，有次独自参观青藤书屋，碰到一个外地的旅行团，陪同的导游正向他们讲解，说此书屋主人徐渭，是一位大艺术家，但曾经发过疯，自杀过好多次，还把继室给杀了。据说，他的继室死后，邻居发现她的耳朵、脚心、掌心都钉满铁钉……

　　前段时间，我规划写一系列随笔，想通过某个"事物"，以新的视角，去解读大师们的人生。譬如，梵高之于"耳朵"、达利之于"胡子"、巴尔扎克之于"咖啡"。而关于徐渭，联想到的便是"铁钉"，希望通过他杀死继室的"铁钉"，来解读其悲惨而独特的一生。

　　然而，笔者在网上收集资料时，发现徐渭除了"病易（癔），杀张下狱"，没只言片语说凶器是"铁钉"。随后，笔者与对徐渭兴趣颇浓的建筑设计师、作家周勇先生特地从杭赴越，在当地作家钱科峰先生陪同下造访青藤书屋，以期寻得相关资料以佐证，可依然无果。

　　不过，徐渭与"铁钉"的关系倒是建立了起来。据袁宏道《徐文长传》、陶望龄《山人徐渭传》、沈德符《万历野获篇·徐文长》和《明史·文苑传》等诸多史料记载，徐渭在自杀的九次当中，有一次用三寸长的铁钉，刺入左耳数寸，然后又用头撞地，将其撞入耳内。

其实，再往深处思索，笔者认为徐渭之于"铁钉"，不光光撞入耳中那枚，真要延伸开去，可谓遍及他的整个人生。无论他的"性格""艺术成就"，无不呈现出铁钉般的禀性。难怪乎，他连自杀的工具都要选择无人想象得到的铁钉。这不能不说是某种程度上的暗合。

徐渭在担任浙闽军务总督胡宗宪幕僚前，父亲、两母、两兄、爱妻均遭不幸，加上家产被霸、屡次乡试失败，为了谋生，离乡背井，却徒劳而返，可谓"落魄人间"！但他有着铁钉般坚强个性，写联自勉："乐难顿段，得乐时零碎乐些。苦无尽头，与苦处休言苦极。"

在结束五年幕僚生涯后，徐渭迫于生计流离颠沛多地，但不甘被权贵唤来呼去，先后与礼部尚书李春芳、左谕德兼侍读张元忭等人交恶，于63岁那年回归家乡，从此不再离开绍兴。到了晚年，他贫病交加，常至断炊，可狷傲愈甚，始终不肯见富家贵室，低首乞食。

可是，这么一枚"铁钉"，由于胡宗宪案的牵连，担心自己被构陷，加之受李春芳的恐吓，惶惶不可终日，最终精神失常，连番实施了九次自杀，并在一次狂病发作时，杀死了继妻张氏，为此入狱，历时七年，直到万历元年新皇帝即位，大赦天下，才重新获得自由。

而在此前，徐渭不只饱读诗书，才华非凡，被时人称为"越中十子"，甚至被同为"越中十子"之一、死后被追赠"光禄寺少卿"的沈炼盛赞："关起城门，只有这一个（徐渭）。"还深谙兵法，入幕后献计献策，为平定倭患，立下了汗马功劳，乃是能文能武的全才。

然则，这又有何用？徐渭出生至发疯的40余年里，正值明世宗朱厚熜执政期间。对于朱厚熜，有史学家评介其："将帝制的专横发挥到了极致。"可想而知，有这样一位皇帝统治，那个时代必定像钢板一样坚硬，徐渭纵然是一枚"铁钉"，又有什么"抗争"之力呢？

事实上，也是如此。这位旷世奇才，在长达 73 年人生苦旅中，除了有过短短五年的暖色，其余的几乎全是冷色，特别是他的晚年生活，悲苦凄凉，用他自己的一首《题墨葡萄诗》来概括："半生落魄已成翁，独立书斋啸晚风。笔底明珠无处卖，闲抛闲掷野藤中。"

好在，徐渭还算幸运，他劫后余生，创作了一批惊世骇俗的佳作，像一枚枚铁钉，穿越时空，"钉"进了文艺史册——他的诗，被"公安派"代表人物袁宏道尊为"明代第一"；他的戏剧，受到明代戏曲家汤显祖极力推崇；他的绘画，更是开创了中国大写意画派先河。

更具意味的是，那次绍兴之行，当我们穿过一条狭长的弄堂，来到青藤书屋时，发觉它是那么的冷清而狭小，相对于热闹而偌大的绍兴城，真像一枚铁钉那样落寞而渺小。不过，转而一想，这样也挺好，正好完美印证了如同"铁钉"一般存在的徐渭一生的真实写照。

王羲之的 "鹅"

　　谈到名人癖好某种事物的故事，在中国历史上可谓屡见不鲜，譬如：陆羽爱茶、黄庭坚爱兰、米芾爱石、苏东坡爱砚、郑板桥爱竹、丰子恺爱猫……王羲之爱鹅，无疑就是其中极为经典的一例。这不仅作为中国"二十四史"之一的《晋书》有过明确的记载，李白、马远、尹廷高、钱选、陈洪绶、任伯年、石慵、张大千等历代文人墨客也均以诗文书画以及雕刻等各种文艺形式进行过描绘。

　　确实，王羲之对鹅爱得非同寻常。据《晋书·王羲之传》载，会稽有个孤老太养了一只鹅，叫声很好听，他想买而未得，带亲友命人驾车去观赏。老太太听说他要来，把鹅杀了煮熟等他。为此，王羲之叹惜了好久。又载，山阴有个道士养了一群好鹅，王羲之去看，很喜欢，再三表示想买。道士说，你给我写《道德经》，我就把这群鹅全送你。王羲之欣然写好，把鹅装在笼子里开心地带回了家。

　　不过，王羲之与鹅的关系，如果仅仅局限于此，或许不会流传1600多年，更不会像现在这般闻名遐迩。事实上，王羲之除了爱鹅，还与其有着特殊的因缘。相传，他爱鹅，固然是陶冶情操，但更为关键的是，他还从鹅的体态、行走、游泳等各种姿势中，感悟和领会书法执笔、运笔等技艺和奥妙：他认为执笔时食指要像鹅头那样昂扬微曲；运笔时则要像鹅掌拨水，才能使精神贯注于笔端。

上述可绝非空穴来风，而是有史料作为依据的。据清代《艺舟双楫》记载："其要在执笔。食指须高钩，大指加食指、中指之间，使食指如鹅头昂曲者；中指内钩，小指贴无名指外距，如鹅之两掌拨水者。故右军爱鹅，玩其两掌行水之势也。"后人因此推断出，王羲之早年向卫夫人学书法，若干年后回顾时发出感慨："是徒废时日耳。"倒是用《道德经》换鹅后，通过长期观察，才悟到了笔法。

这样的案例，其实也非王羲之独有。据说，宋代大书法家黄庭坚谪居湖北，有次过江看船楫在水中划行顿悟笔法，以至日后书艺大幅提升，成就了书法史上草书的一座高峰。中国近现代国画家黄宾虹也有过类似经历：1933年春天，他到四川东方美专讲学，期间只身一人去青城山，行至半山腰突下小雨，山间烟雨蒙蒙，远处峰峦隐现，这种神奇的自然景象，让他顿悟了"淋漓水墨"的效果。

正因为王羲之与鹅之间建立了如此亲密的关系，他爱鹅之声名也几乎超越了"晋陶潜爱菊、宋周敦颐爱莲、宋林逋爱梅、宋黄庭坚爱兰"这"四爱"中任何一"爱"。后人只要提起王羲之，便会提到鹅。例如，贞观年间，王羲之那件《道德经》被进献宫廷，时为"书法第一人"的褚遂良在鉴定的跋文里，也不忘提一下鹅："《道德经》乃晋王羲之遗山阴刘道士书，道士以鹅群献右军者是也。"

直至今天，凡纪念王羲之的地方大都有"鹅"建筑，凡有"鹅"字处也必定跟他有关联。例如，他写《兰亭集序》的绍兴兰亭，不仅建有"鹅池"，池边还树着"鹅池碑"，碑上"鹅池"两字，传为他与王献之合写，又称"父子碑"。又如，在天台国清寺，有一块"鹅字碑"，那个"鹅"字一笔挥就，人称"独笔鹅"，据传系他用扫帚所书，因故残缺的部分，则由清代天台当地书法家曹抡选补全。

纵观王羲之与鹅的关系，可以这么认为，他爱鹅，但也为鹅所成全：他在养鹅中悟道，融入真行草体中，遂形成了那个时代最佳体势，给后代开辟了新的天地，被当之无愧地奉为"书圣"；关于他爱鹅的故事，让后人津津乐道，世代传为佳话；在众多"鹅"建筑前，也总是人头攒动，游人驻足品赏他的墨迹。这一切，无不助推他从历代书法家中脱颖而出，成为最具影响力的书法家。